L'Indienne

suivi du Convict

10 9 8 7 6 5 4 3 2 1

Hortense Allart

L'Indienne

suivi du Convict

Table de Matières

L'INDIENNE.

CHAPITRE PREMIER.

« Passez-moi les gazettes d'Angleterre, arrivées ce matin, dit M. Berks ; pendant que ces dames se reposent à table, sous les palmiers, j'irai lire au bord de la mer.

— Les voici, répondit un domestique indien au teint basané, en les présentant à son maître.

— Quoi ! Monsieur, dit Anna Berks, vous quittez la table et vos amis pour la lecture ? Songez que votre frère retourne demain soir à Madras. »

M. Berks prit les gazettes sans répondre à sa femme, et la laissant à table avec ses amis, sous les palmiers, il alla lire en se promenant au bord de la mer. Le soleil descendait sur l'horizon, la soirée était calme et magnifique ; le port de Bombay et ses mille vaisseaux donnaient la vie à cette partie de la mer des Indes : ce port à l'abri des vents, le meilleur de l'Indostan, n'offrait aux yeux que barques, navires, bâtimens de guerre et de commerce ; les mâts, les voiles, les cordages s'élevaient élégamment, mêlant la puissance de l'Angleterre à la richesse du climat. L'île de Bombay est adjacente au royaume de Visapour : ce sont partout des golfes et des baies ; les maisons sont petites et légères ; quelques touffes d'arbres ombragent la terre, et çà et là le palmier élancé étend ses rares et larges feuilles.

Anna Berks, restée à table avec sa société, fit enlever les mets et apporter des vins précieux et des fruits. Des serviteurs nègres prirent de longs éventails en plumes pour éventer les femmes. Anna demanda sa guitare, priant une de ses amies de chanter ; mais on la pressa elle-même de se faire entendre. Elle semblait distraite, regardant souvent du côté de Bombay, comme si elle attendait quelqu'un de ce côté ; une chaise parut, portée par des nègres.

« C'est lui ! pensa Anna, toujours en retard malgré ses protestations ! »

Son cœur battit, son sang asiatique courut plus rapidement dans ses veines, et ses yeux exprimèrent la langueur de ces doux climats : fille d'une Indienne, son teint brun, son indolence, le mélange de la vivacité et de la mollesse, et plus encore sa beauté délicieuse et parfaite, désignaient assez en elle une race d'Asie. Née dans le Bengale, sur les bords du Gange, elle avait reçu de son père, qui était anglais et membre de l'Académie asiatique, une éducation distinguée ; mais comme il l'avait mariée à un homme d'un esprit commun, occupé de son commerce, elle l'avait dédaigné, et elle commençait à s'intéresser à un jeune Anglais arrivé de Londres et aussi supérieur aux Anglais de Bombay que l'Angleterre l'est aux Indes. Indulgente pour les faiblesses du cœur et sachant l'indifférence de son mari, elle ne se reprochait pas sa conduite, et rien ne troubla sa joie en voyant l'homme qu'elle aimait descendre de sa chaise et s'avancer vers elle.

« C'est bien tard, lui dit-elle, en levant sur lui ses grands yeux noirs pleins de douceur et de feu ; il y a long-temps qu'on vous attend. »

L'Anglais s'excusa sur son retard, et voyant la campagne et regardant les palmiers qui s'élevaient bien au-dessus de la table, il lui demanda en riant si c'était sous cet ombrage qu'on se garantissait du soleil des Indes ? Anna répondit qu'on avait fait enlever les tentes un moment auparavant, lui demandant si c'était mieux d'avoir un pays avec de beaux ombrages et sans soleil. Mais l'Anglais sacrifiait généreusement son pays devant une Indienne, et il commença à s'extasier plaisamment sur les palmiers. C'était un homme d'une amabilité enjouée, dont le rire charmant et les manières ajoutaient un nouvel attrait à la jeunesse. Sa personne était délicate, son visage noble et pâle sans être beau ; il avait le ton de la haute société en Angleterre, avec plus d'aisance dans les manières.

« Voici une guitare, dit-il, vous alliez chanter, Madame ; » et il la supplia de chanter.

Anna chanta des airs indiens et irlandais, avec de l'âme et du goût ; Julien Warwich changea d'humeur en l'écoutant : les passions qui animent seules son pays décoloré étaient au fond de son âme ; il sentait l'amour et l'ambition avec une force égale ; dans l'Inde il était tout à l'amour ; son visage pâle s'anima et prit une expression touchante. Quand les yeux d'Anna rencontrèrent les siens, sa voix s'altéra, elle oublia ses chants, et, quittant la guitare, elle resta rêveuse et attendrie. Les Anglaises qui étaient là commençaient à s'apercevoir de la faiblesse de cette Indienne, et la jalousie qu'excitait sa beauté arma ces femmes contre elle. Jamais on ne s'aperçut si bien de l'amour d'Anna que dans cette soirée. M. Berks appela son frère pour lui faire lire un article des journaux, et resta loin du monde à causer avec lui. Julien se plaça près de l'Indienne, il oublia la société près d'elle ; déjà d'ailleurs il ne redoutait pas qu'elle se compromît pour lui, et il était prêt à lui demander le sacrifice que les femmes passionnées font à leur amant en Angleterre.

CHAPITRE II.

Il voulait être sûr qu'elle l'aimait véritablement ; il en doutait encore, parce que l'Indienne ne l'aimait qu'avec crainte, songeant qu'il était étranger à Bombay. Ce soir-là Julien fut plus heureux qu'il ne l'avait jamais été ; il quitta Anna songeant à rompre les nœuds qui l'empêchaient d'être à lui, et à l'entraîner en Angleterre. C'était un homme exalté, doutant de lui-même et des autres, qui voulait des certitudes, ne croyant jamais les choses assez belles ou assez prouvées. Il voulut avant de prendre des résolutions si importantes, éprouver l'Indienne par l'absence et réfléchir loin d'elle en liberté. Ce soir, agité en la quittant, au lieu de se coucher, il se mit à sa fenêtre qui donnait sur la mer : d'un côté le port, les vaisseaux, des lumières vacillantes sur les bâtimens ; de l'autre la mer dans son étendue et sa solitude. La marée montait, fatiguant les alentours d'un bruit rapproché et continuel ; le firmament des tropiques brillait de son éclat. Ce spectacle exalta Julien, et bientôt lui fit mal. Il se réfugia dans l'amour, abri de l'homme que notre univers épouvante ; ou bien il contempla ces mers en y cherchant une idée d'action. C'est sur un des bâtimens de ce port qu'il fallait monter pour fuir Anna et l'éprouver. Les distances de l'Inde, dans son amour, l'effrayaient ; on n'y pouvait rien atteindre que par des mois de marche et de navigation. Il songea à la vie de plaisirs à laquelle son entrée au Parlement avait mis fin ; sa jeunesse s'était passée dans les amusemens où mènent la richesse et l'élégance ; il n'avait connu le Parlement et une existence plus sérieuse que pour les perdre. Vaincu par un antagoniste dans les élections de sa province, il avait dû quitter la chambre des communes après y avoir siégé deux ans. Dans son chagrin il était parti pour les Indes, où il voulait chercher l'antiquité et visiter l'Himalaya, et où Anna l'avait arrêté à son premier pas.

Le jour suivant, il se décida à aller à Madras ou à Calcutta ; tout autre voyage lui semblait trop long. Songeant que le frère de M. Berks retournait à Madras, il résolut de partir avec lui. Mais il voulut revoir l'Indienne une fois ; et, comme le soir même elle réunissait chez elle beaucoup de monde, Julien alla la voir, résolu de ne pas lui parler.

Anna aimait la parure ; son pays lui offrait tous les genres d'ornemens : sa maison était ornée de riches toiles de Surate, de draperies de Cachemire, de tapis de Perse ; l'or, l'ivoire, des ouvrages d'un travail exquis apportés des différentes parties des Indes dans le port de Bombay, couvraient ses salles et ses appartemens ; son goût parfait, dirigé par son père, avait bien compris le luxe asiatique. Elle-même tantôt couronnait son front de fleurs fraîches et embaumées, tantôt le parait de rubis, de diamans, dont l'Inde est prodigue. Adroite à tirer parti de ses charmes, soit qu'elle s'enveloppât de mousseline à bords dorés, soit qu'elle se vêtît à la légère pour la promenade, soit qu'elle reçût sa société avec les atours et la modestie de la vraie beauté. Ce soir-là l'Indienne était couverte de pierreries : peut-être la rivalité des femmes anglaises l'amusait ; peut-être elle était fière, avec son teint brun, d'effacer leur blancheur ; peut-être elle aimait à plaire à Julien avec un visage différent des autres. Il s'avança profondément triste, pensant qu'il allait la quitter ; et quand elle lui tendit la main à la manière anglaise en lui adressant un doux regard, il sentit sa résolution de la quitter s'évanouir. Il ne voulut pas danser ; Anna dansa avec d'autres, paraissant prendre un grand plaisir à la danse. Julien fut jaloux : il doutait des affections de ce peuple tendre, mais mobile, de cette race rentrée dans le néant après tant d'éclat. Il voulut agir en homme ; et, s'arrachant de cette soirée, il prépara son départ dans la nuit, et il partit le lendemain pour Madras avec le frère de M. Berks.

Madras est sur un territoire sablonneux, fameux seulement par son commerce énorme. Julien songeait à remonter la mer vers le Bengale, à se rendre à Calcutta, où il trouverait l'Académie asiatique, une ville admirable, le luxe indien, et le Gange, qui roule de l'or et des pierres précieuses, couvert sur ses rives de temples et de pagodes magnifiques, fleuve sacré dont les eaux sanctifient. Mais sa douleur d'avoir quitté l'Indienne fut si grande, et la crainte qu'il avait sur le résultat de cette épreuve était telle, qu'il fut malade et obligé de renoncer à aller plus loin. Il s'efforçait de s'occuper des Indes, d'en chercher les habitans, de parcourir le pays : nulle part sur les deux hémisphères le soleil n'est plus éclatant, le cours des fleuves plus majestueux, la végétation plus riche ; la lumière agrandit le ciel des tropiques réfléchi dans les mers parfumées. Cette terre de l'encens, couverte de pierres précieuses et d'ouvrages d'un travail si exquis et si délicat, qu'ils rivalisent avec les œuvres de la nature, faisait dire à Julien, avec le poète Sadi : « Je vous salue, riant empire des roses, qui produisez en abondance les perles, les diamans, les fleurs, les parfums et les plus belles vierges du monde ! » Ici l'Inde antique, qui s'étend de l'Indus au Gange ; autour du fleuve, dans le Bengale, les souvenirs de la plus ancienne sagesse humaine, le pouvoir des Brames, le culte de ce peuple exalté et sensible, abandonné à l'amour, se purifiant dans les eaux, se mortifiant dans les solitudes, ne se nourrissant encore aujourd'hui que de lait et d'herbages ; à l'occident, les ruines de Delhi et de l'empire du Mogol, les ombres de Tamerlan et d'Aureng-Zeb, inspirant le courage aux Marates invincibles dont les fédérations guerrières troublent les Anglais ; sur les côtes célèbres de la presqu'île, les établissemens européens ; une foule de peuplades dans l'intérieur, le royaume de Mysore, avec le souvenir de l'héroïque Hider-Ali et de Tipo-Saïb son fils ; à la pointe de ce continent, l'île de Ceylan, si belle, que les Indiens mahométans y placent le paradis terrestre ; enfin, dans l'autre presqu'île considérable de l'Inde, de l'autre côté du golfe du Bengale, l'immense empire des Birmans, leur féroce audace ou leur doux repos, Ava, Pégu, Aracan, lieux fameux pour l'aloès, l'ambre, les rubis et les dépouilles des tigres superbes. Dans l'Inde avaient eu lieu les révolutions sociales, les changemens de peuples, la diversité de religions, qui devaient s'opérer dans une si puissante contrée.

Le culte ancien peut donner l'idée du climat à ceux qui n'ont pas été dans le pays : partout l'éclat, la fécondité ; les dieux animant la nature ; Bavani, épouse de Siva, versant l'eau sur le front du dieu pour calmer l'ardeur de sa tête, ou lui présentant la coupe d'ivresse sur le mont Cailasa ; le feu et la chaleur révérés ; des actes de fanatisme et d'austérité tels qu'on en trouve à côté des délices de la vie ; une suite d'impressions et d'images ignorées des terres moins fortunées.

CHAPITRE III.

Julien ne sut pas long-temps résister au désir de savoir comment l'Indienne avait supporté son absence ; il retourna à Bombay, s'informant, en arrivant, de ce qu'elle faisait. Il apprit qu'elle était partie pour la campagne sans son mari. Julien se rendit aussitôt chez M. Berks, celui-ci lui dit qu'Anna avait eu la fantaisie d'aller visiter un petit bien qu'il venait d'acheter, situé à quelques lieues de la ville. Julien se le fit indiquer, et partit aussitôt à cheval pour cet endroit. La maison était arrangée à l'anglaise ; il fit demander à madame Berks si elle voudrait le recevoir. Le domestique revint, disant que madame Berks ne recevait personne. Julien, la croyant fâchée, se rendit dans une maison près de là qu'il connaissait, écrivit à l'Indienne, la suppliant de le voir et de l'entendre. Il remonta à cheval et porta lui-même la lettre à la porte d'Anna ; mais il apprit, en la remettant chez elle, qu'elle venait de retourner à Bombay. Julien s'y rendit aussitôt ; il envoya sa lettre, et il reçut le lendemain le billet suivant :

« Je ne vous reverrai plus : je craignais de m'attacher à un homme qui n'était pas pour toujours dans les Indes. Votre brusque départ m'a fait savoir ce qu'on souffre dans l'absence ; je ne vous en veux pas, vous aimez autrement que moi ; vous êtes d'un autre pays. Je suis fille d'un Anglais, mais ma mère était Indienne ; son caractère, ses affections ne ressemblaient en rien à celles des sœurs de mon père. Une Anglaise sera heureuse avec vous, elle pourra ne jamais vous quitter. Gardez mon souvenir, je vous aimerai toujours : attribuez ma faiblesse à cette race d'Asie, tant décriée chez vous ; et la force qui me fait triompher, à ce qu'il y a d'anglais dans mon sang. Si vous revenez un jour dans les Indes, souvenez-vous d'Anna et de sa tendresse. »

Cette lettre troubla Julien ; c'était la seule chose qu'il n'eût pas prévue : il avait cru retrouver l'Indienne au désespoir ou distraite ; mais la trouver prudente et résolue le surprenait. Il ne savait s'il y avait là beaucoup ou peu d'amour, il était offensé et séduit à la fois. Il répondit :

« J'ai souffert plus que vous de l'absence ; j'ai voulu éprouver votre cœur par ce départ. Si vous n'avez pu le supporter, sachez me suivre en Angleterre, et devenir ma femme ; c'est là ce qu'il fallait comprendre. J'aime comme vous, comme une Indienne ; je quitterai les Indes avec vous, ou je ne les quitterai jamais. »

CHAPITRE IV.

L'Indienne revit Julien ; l'éducation anglaise et réservée qu'elle avait reçue l'eût empêchée de songer la première à ce qu'il lui demandait ; mais cette demande éleva son cœur à une passion telle qu'elle devait la sentir ; elle vit que Julien était à elle sans réserve et pour la vie, elle aima de même. Sa bonté l'eût retenue dans l'Inde, si elle eût cru que le bonheur de M. Berks y était intéressé ; mais M. Berks lui montrait la plus complète indifférence : il ne l'avait épousée que pour des arrangemens de fortune. Anna ne consentit pas tout de suite à suivre son amant ; si l'amour la poussait, une réserve naturelle la retenait : elle craignait de faire suspecter à un Anglais la modestie des Indiennes. Fidèle au sang de sa mère, chérissant les Indes, en connaissant la langue et les poètes, entourée de serviteurs indiens, au lieu de se ranger parmi les vainqueurs, où la plaçait son père, elle était restée sœur des vaincus, qu'elle voyait si loin d'elle, pleurant l'asservissement de l'Indostan et fière de sa gloire passée. Il lui déplaisait de suivre un

Anglais à Londres, d'y paraître, avec le teint brun de sa race, au milieu des femmes anglaises, comme une épouse infidèle entraînée par les passions de son climat, doublement vaincue au milieu de ces femmes dont la timidité ajoutait un nouveau prix à la beauté. Habituée à la riante chaleur des Indes, elle redoutait un pays triste et froid. Quand Julien la voyait regretter l'Indostan, il lui offrait d'aller vivre avec elle à Madras ou à Calcutta, et le sacrifice qu'il faisait de son pays faisait désirer à Anna de lui sacrifier aussi le sien. Julien lui parlait de la gloire politique de l'Angleterre, de la carrière que le Parlement offre à un homme de talent ; il lui rappelait qu'elle était Anglaise par la naissance et par la loi. À cela Anna ne répondait qu'en lui montrant dans son miroir ses yeux et son teint, qui contrastaient si fort avec les yeux bleus et le teint pâle de Julien.

« La nature nous apprend, lui disait-elle, si je dois oublier l'Inde, et si je suis Anglaise comme vous dites ; je ne le suis qu'à moitié, et mon âme retourne au pays où elle a trouvé le plus de sympathie. »

S'efforçant de faire aimer à Julien le séjour des Indes, elle parcourait le pays avec lui, tantôt s'abandonnant au doux charme de la mer, tantôt parcourant les rivages au clair de la lune : elle lui contait le culte de ses aïeux, les transformations de Vichnou ; son imagination asiatique rendait la vie à des fables ; et quand Julien lui rappelait la vraie religion, elle souriait, lui disait qu'elle était chrétienne, mais qu'elle se plaisait au récit des livres indiens, que son père ne lui avait pas laissé lire tous. Une vive et folle gaîté était souvent remplacée chez elle par l'immobilité et la tristesse : son amour prenait tous les tons. Julien la pressait de fuir avec lui Bombay, sans décider où ils se fixeraient plus tard. L'Indienne jouissait des prières de son amant, et son indolence ne lui laissait pas négliger les soins qui pouvaient la rendre plus belle ou plus séduisante.

Souvent ils allaient ensemble dans cet endroit où elle avait dîné une fois ; leurs nègres et leur chaise restaient à les attendre, et ils prenaient des barques pour parcourir la mer.

« Des sentimens tendres et empreints de langueur, lui disait Julien avec un amour qui convenait à la beauté pure et à l'air embaumé des rivages, furent aussi déposés par le Créateur dans les âmes du Nord, et c'est en vain que leur religion fabuleuse, si différente de celle de Brama, faisait naître l'homme de la neige. Le ciel du Nord a aussi son pouvoir, il éveille des pensées plus tristes, des douleurs plus profondes. »

Tout ce que la grâce et la beauté a donné aux femmes de l'Asie le ravissait durant ces chastes nuits ; rien ne pourrait rendre, pour les Européens, le charme de l'Indienne, la mollesse de sa taille, la langueur de ses yeux, son abandon, sa timidité délicieuse, ces impressions vives et variées dont le soleil de l'Indostan paraît son âme de feu. Un soir, en revenant au rivage, elle s'aperçut qu'elle avait perdu un grand schall de Cachemire dont elle avait entouré ses pieds ; elle le fit chercher dans le bateau. Julien, retournant sur mer pour le ravoir, l'aperçut qui flottait au loin, moitié s'enfonçant dans l'eau, moitié gonflé par le vent. Il le rapporta à l'Indienne, qui l'attendait, en rêvant, assise sous un palmier. Ils revinrent tard dans la nuit ; leurs deux chaises cheminaient à côté l'une de l'autre ; ils se parlaient du pays, des fleuves, des mers, ne pouvant exprimer leur amour sans être entendus, et s'exprimant, à la manière indienne, par des allégories.

Julien ne pouvait plus supporter cette vie ; Anna était lasse de sa résistance ; ses yeux cachaient mal son trouble ; le feu, que les Indiens adorent, consumait son âme tendre. Julien l'enleva malgré ses larmes ; il la déposa sur un vaisseau prêt à mettre à la voile pour l'Angleterre ; il l'entoura de serviteurs et d'oiseaux indiens ; il lui fit traverser les mers.

CHAPITRE V.

L'équipage relâcha à Sainte-Hélène. Anna avait si souvent entendu parler de l'empereur Napoléon, durant sa captivité, et il avait tellement alors excité la curiosité des Indes, qu'elle demanda à Julien de visiter l'île et le tombeau. Ce qu'on dit en Europe sur la solitude de ce tombeau, n'approche pas de la vérité. Une solitude entourée par l'Océan, par des solitudes sans bornes, et n'offrant qu'un tel tombeau, est d'une tristesse inexprimable. Ce n'est plus l'île habitée par l'Empereur et par ce petit nombre de Français fidèles qui avaient des enfans, des affections, qui peuplaient le pays de vertus et de sentimens. L'Empereur est mort, et tous les Français sont partis ; le plus profond silence règne où l'on entendait la voix de l'amitié, la joie des enfans, le mouvement de la famille. L'Empereur est là, seul, devant l'Océan, abandonné après sa mort comme il le fut après sa chute, et portant jusque dans l'éternité ce grand poids des revers qui pèse même sur sa cendre.

Quand le vaisseau, arrivé en Europe, s'approcha du nord, l'Indienne trouva le jour sans éclat et le ciel resserré ; mais que devint-elle quand elle débarqua en Angleterre ! M. Warwich la conduisit tout de suite à Londres. On était au mois d'août, et c'était un bel été d'Angleterre, c'est-à-dire que le brouillard était épais et étouffant. L'Indienne demandait de l'air et ces brises de mer qui rafraîchissaient Bombay ; le matin elle errait tristement dans la campagne avec Julien au milieu de cette chaude vapeur, lui demandant si c'était là l'Angleterre, si c'était là le pays qui avait soumis les Indes. Le soir si Anna cherchait une atmosphère moins chaude, elle rentrait malade, et on lui disait que c'était imprudent de se promener le soir sans être bien couverte. La chaleur est excessive dans les Indes, mais le ciel pur et l'espace rassurent : Anna se trouvait à Londres étouffée dans le brouillard ; jamais elle n'avait senti une impression si désagréable. Cependant la tendresse de Julien, qui riait de sa douleur et de son étonnement, lui rendait la gaîté : cette plante, arrachée à son climat, se consola par l'affection. Elle ne pouvait s'empêcher de soupirer, quand au mois d'août elle voyait quelquefois le soleil sans rayons, comme la lune, et qu'elle fixait les yeux dessus sans que ses yeux en fussent offensés. Elle n'avait pas l'idée d'un pareil phénomène. Elle parcourait Londres, demandant des fleurs, des fruits, et trouvant les fruits sans saveur et les fleurs sans parfum. Le silence du pays répondait à l'obscurité du jour : il semble qu'il y ait du bruit dans la lumière ; l'Angleterre est morne ; ce n'est pas la vivacité, la mobilité des Indiens ; l'aspect du peuple anglais est glacial : nulle sympathie ne se trouvait entre l'Indienne et ses maîtres. Une nation terne avait soumis les plus belles contrées de la terre ; l'Indostan humilié dépendait d'un peuple privé du feu sacré. Les petites églises d'Angleterre, ce Dieu des chrétiens, qu'elle a dépouillé, remplaçait mal pour l'Indienne les fictions de sa foi première. Comment le peuple anglais eût-il songé à rendre hommage au jour, à bénir la chaleur, à faire un symbole de la lumière et du feu, à glorifier la vie ? Qui eût imaginé la coupe d'ivresse du mont Cailasa ?

CHAPITRE VI.

Julien, impatienté de ne pas voir à l'Indienne un sentiment anglais, la conduisit un matin dans une jolie maison à Hampstead : tout y était élégant, commode ; il la lui fit parcourir ; puis entrant au salon avec elle, la faisant asseoir sur un canapé :

« Cette maison est à nous, lui dit-il ; connaissons-y les charmes de l'intimité et de l'Angleterre. J'y vivrai à vos pieds jusqu'à ce qu'un lien que la société ordonne me permette de vous présenter partout comme ma femme. Si des études et des affaires politiques me réclament, l'amour n'en souffrira rien ; j'étudierai avec vous, je vous montrerai comment l'Angleterre mérite votre admiration et a pu régner sur l'Indostan. »

Comme Anna parcourut la maison avec Julien, il lui présenta deux femmes qu'il venait de mettre à son service, car les domestiques qu'elle avait amenés des Indes voulaient retourner dans leur pays. Une de ces deux femmes avait les cheveux noirs, la figure expressive ; elle s'avança vers Anna, et lui dit avec un accent dur quelques mots de soumission affectueuse qui étonnèrent l'Indienne :

« Je désirais tant d'être à votre service ! ajouta-t-elle ; j'ai tant supplié Monsieur de m'y placer !

— Pourquoi ce vif désir d'entrer chez moi ? vous ne me connaissez pas.

— Pourquoi ? s'écria la femme avec son accent ; parce que vous n'êtes pas Anglaise, que votre teint n'est pas le teint pâle de ce pays ; parce qu'enfin vous êtes née aux Indes, et moi en Irlande. »

Anna savait cet éloignement des Irlandaises pour les Anglais, mais elle ne le croyait pas si fort ; cette femme l'amusa par son originalité : elle chantait, s'enivrait, cherchait le plaisir.

« Nous détestons, disait-elle à Anna, ce peuple dur et triste : qui me rendra ma gaîté irlandaise, nos lacs et nos chants ? »

Anna vit que l'Angleterre portait des ennemis dans son sein, ainsi qu'elle en avait au loin. L'Indienne et l'Irlandaise, séparées par leur position, commencèrent à s'entendre comme les peuples opprimés.

CHAPITRE VII.

Cette vie de délices et d'uniformité que l'Indienne et Julien trouvèrent dans la solitude pouvait-elle durer au pays des passions politiques, et avec un homme qui avait été déjà membre du Parlement ? Un matin, Julien reçut plusieurs lettres ; en en lisant une, il rougit ; Anna, qui le regardait, prit la lettre, déjà jalouse. Cette lettre disait : « J'ai appris votre retour des Indes ; il faut rentrer aux affaires ; les opinions de votre père n'ont pu engager les vôtres. J'ai un bourg dont nous pourrons causer, si vous venez me voir. »

« Pourquoi avez-vous rougi ? demanda l'Indienne. Est-ce une femme qui a ce bourg ?

— Non, c'est lord Hampshire,

— Pourquoi donc avez-vous rougi ?

— Il parle de quitter les opinions qui me firent avoir les votes de ma province après la mort de mon père ; sa proposition m'a indigné et m'a séduit à la fois : voilà pourquoi j'ai rougi. Je donnerais beaucoup pour rentrer au Parlement ; mais mes opinions, c'est trop.

— Lord Hampshire est donc du parti tory ?

— Oui ; il marche avec le duc de Wellington : autrefois ami de mon père, il lui plairait de m'aider dans la carrière en m'acquérant à son parti, dont il a l'amabilité et la bienveillance ; car ce parti tory, unissant la grâce à la hauteur, accueille avec bonté la jeunesse qui se distingue ou promet de se distinguer.

— Pourquoi ne voulez-vous pas marcher avec les Torys ?

— Si je n'avais pris mes opinions que comme des moyens, ainsi qu'il arrive souvent chez nous, je pourrais accepter les offres de lord Hampshire ; mais mes opinions naissent de mes sentimens et de mes observations, elles tiennent à ma conscience : je ne puis les abandonner.

— Vous n'irez donc pas voir lord Hampshire ?

— Oui, j'irai. Il est à sa terre : cela nous séparera deux jours ; y consentez-vous ?

— Pourquoi le voir, si vous ne voulez pas accepter son offre ?

— Lord Hampshire peut m'apprendre des choses importantes ; c'est à la fois un homme du monde et un homme d'affaires, élégant et ambitieux comme notre haute aristocratie ; d'ailleurs, j'aime qu'il sache ma manière de voir. Mais si vous ne voulez pas que j'aille chez lui, je lui écrirai.

— Non, allez-y, répondit tendrement Anna, et ne restez pas plus de temps qu'il ne faut. »

Julien se décida à partir le soir même ; la lettre qu'il avait reçue l'agitait : c'était le premier souvenir qu'il retrouvait de sa vie politique. Il contait avec chaleur à l'Indienne sa première entrée au Parlement, les succès qu'il avait obtenus alors, malgré sa timidité. Il la pressait ensuite dans ses bras, rappelé à l'amour avec enchantement ; mais cette fois l'amour venait d'une exaltation étrangère à lui. Anna, intéressée, quoique jalouse, curieuse de ce gouvernement dont on lui avait tant parlé dans les Indes, cherchait la supériorité qui faisait dominer l'Angleterre. Mais le soir, quand Julien la quitta, après des adieux touchans où il mit la tendresse dont son âme était remplie, elle pleura long-temps, et souhaita ardemment son retour. Le lendemain elle reçut de lui un mot aimable qui la consola ; et quand vint le soir, comme elle n'avait plus qu'une nuit à passer pour le voir, elle s'endormit dans la joie ; mais son réveil fut triste, car on lui remit une lettre de Julien qui lui disait être retenu chez lord Hampshire pour des affaires importantes. Passe-t-il aux Torys ? se demanda-t-elle, et quelle est donc la force de ces opinions qu'il ne doit pas changer ? Elle dîna seule et triste. Comme elle rentrait, plus tard, dans sa chambre, sans l'espérance de voir Julien le lendemain, elle entendit le bruit d'une chaise de poste, et on frappa à la maison, qui était déjà fermée. L'Indienne sonna, la maison s'éveilla, et la voix de Julien se fit entendre. Anna entendit son pas léger, et rapide, sur l'escalier ; il entra, heureux de la revoir, et si tendre et si gracieux à son retour, qu'Anna fut presque contente de l'avoir perdu deux jours.

« Que je vous aime ! disait-il ; que c'est triste d'être sans vous deux jours ! Que j'ai pensé à vous ! » Il ajouta : « Ce n'est pas que lord Hampshire m'ait laissé libre. Mon Dieu, que d'affaires ! j'ai cru ne pouvoir jamais partir. C'était tous les jours de nouvelles discussions ; les chefs du parti tory étaient là ; les plus graves questions s'agitaient : on a tout passé en revue, et il n'est pas jusqu'à vos Indes dont nous n'ayons décidé l'avenir.

— Enfin, vous passez avec eux ?

— Qu'en diriez-vous, Anna ?

— Je dirais que d'autres l'ont fait aussi.

— Eh bien, j'ai résisté durant trois jours à leur éloquence, à mes passions qui me poussent aux affaires ; je dis plus, à quelques sentimens par lesquels je sympathise avec eux et qui me les feront peut-être joindre dans l'avenir.

— Ainsi vous n'acceptez pas le bourg ?

— Non.

— Mais vous le regrettez beaucoup ; vous n'aimez que la politique.

— Je n'aime que vous, et ne parlons que de vous. »

CHAPITRE VIII.

Le lendemain, pourtant, la même agitation se soutint chez Julien. Il pensa, après déjeûner, qu'il avait à parler à un de ses amis à Londres, demandant timidement à Anna si elle lui permettait de s'absenter pour le reste du jour. Elle dit que oui avec douceur, et il partit en promettant de revenir le plus tôt qu'il pourrait.

Le soir, personne ; Julien ne vient pas. Il est dix heures, il est onze heures, il n'a pas paru. À minuit on frappe plusieurs coups à la porte : c'est son pas précipité, il entre.

« Quelle nouvelle ! dit-il à Anna. Pardonnez si je reviens tard : l'homme nommé à ma place dans ma province est mort ; il faut procéder à une nouvelle élection ; il était le seul assez adroit et riche là pour m'enlever l'élection. Sans lui je n'ai rien à redouter. Mais on craint à Londres une autre mort qui ne m'arrangerait pas si bien, c'est celle du roi ; il y aurait alors des élections générales qui remuent davantage le pays.

» Mais voyez quelle singulière circonstance ! hier je résiste héroïquement à l'ambition, et quand je viens de refuser l'élection d'un misérable petit bourg, je retrouve ma province et le crédit de mon père !

— Il va falloir vous rendre dans cette province ? dit l'Indienne, qui commençait à prévoir beaucoup de séparations.

— Oui ; mais vous viendrez. Et voyez ! si j'étais nommé par ce bourg, il fallait marcher avec eux. Ma province me laisse libre, car si j'y suis nommé pour mes opinions et le nom de mon père, l'aristocratie y domine ; et comme mon père fut toujours pour les mesures les plus libérales, on aime les grands seigneurs, et la province ne tombe point dans ces manies radicales et absurdes que nous connaissons depuis quelques années.

— Ainsi, Julien, vous ne voulez être ni avec l'opposition, ni avec les torys ?

— Je suis avec l'opposition, mais une opposition digne et savante, telle que l'a l'Angleterre : c'est d'elle que je veux prendre des leçons et mériter l'estime. »

Julien oublie la politique, il retourne à l'Indienne ; le jour suivant il reste près d'elle, plus aimable, plus épris que jamais, lui disant seulement quelquefois :

« Croyez-vous que je serai nommé encore ? Vous intéressez-vous à mes… nos élections ? »

Les journaux disaient que le roi était très-mal. Anna engagea Julien à aller savoir à Londres s'il était mort. Il refusa tendrement de la quitter ; mais cette tendresse ne se soutint pas vingt-quatre heures, et il partit pour Londres.

CHAPITRE IX.

L'Indienne se retira dans sa chambre, visitant ses parures, ses bijoux, cherchant des fleurs ; mais elle pleura en revoyant ces parures de l'Inde que Julien oubliait. Elle se coiffait, tendre et mélancolique, devant son miroir, quand Bess (l'irlandaise) accourut pour annoncer à sa maîtresse qu'une voiture venait de s'arrêter à la porte, et qu'un monsieur et deux dames qui en descendaient la demandaient. Ils s'étaient fait annoncer M. et mesdames Bolton. L'Indienne ôta les fleurs qu'elle avait mises dans ses cheveux, ne voulant pas se montrer si parée ; mais son abord avait tant de grâce, il y avait tant de charme dans le son de sa voix et dans son sourire, son front était si beau et si imposant, que les Anglais furent ravis.

M. Bolton était un avocat laborieux, destiné aux grandes places, absorbé par le travail. Un besoin seul de s'entendre avec Julien sur les élections qu'on prévoyait à cause de la maladie du roi, et où il espérait d'être élu, l'avait fait venir à Hampstead. Il amenait sa femme, à laquelle il devait une fortune considérable : femme timide et soumise, mère ou nourrice chaque année, épuisée par les devoirs de la maternité et du ménage, comme son mari l'était par le travail ; car on a fait des occupations publiques et des affections de famille une lourde charge en Angleterre, où rien n'est compris d'un côté heureux. M. Bolton amenait aussi sa sœur aînée, une fille de quarante ans, très-grande, très-maigre, toujours droite : l'Angleterre est peuplée de ces filles qui inspiraient une grande pitié à l'Indienne. Mesdames Bolton venaient à Hampstead, quoique le divorce d'Anna commençât à occuper le public ; mais elles n'étaient pas sévères pour M. Warwich et l'aristocratie, comme elles l'eussent été pour des personnes de leur classe.

M. Bolton parla peu ; il n'avait qu'une idée, sa profession et le pouvoir, mais le pouvoir terne, sans imagination, sans l'éclat du pouvoir ; il parviendrait peut-être un jour à la chancellerie, pour élaguer péniblement les lois civiles et criminelles. Sa femme parla moins encore que lui, le regardant de temps à autre avec timidité. Mademoiselle Bolton fit, d'un ton sec, un éloge de la campagne. L'Indienne les examinait, ne sachant comment les animer. Madame Bolton se leva, s'avança dans le jardin d'un air gauche, y cueillit quelques fleurs dont elle fit un bouquet. Son mari, ne pouvant pas attendre Julien plus longtemps, se leva pour partir ; madame Bolton prit aussitôt son shall en le regardant. Ils engagèrent Anna à venir les voir, mettant dans leurs adieux la chaleur qu'ils n'avaient pu répandre dans la conversation.

Quand Julien rentra, l'Indienne voulut lui répéter les commissions dont M. Bolton l'avait chargée ; mais Julien était trop agité pour l'entendre : le roi était mort. Julien devait partir pour sa province, y reconquérir les suffrages au milieu d'une élection générale. Anna le suivrait-elle ? Sachant qu'il serait toujours absent, elle ne s'en souciait pas. Dès que les élections seraient terminées, il devait revenir à Hampstead ; elle préféra l'y attendre. Les apprêts de son départ lui étaient douloureux ; bien qu'elle souhaitât de voir développer le talent de son amant, elle était jalouse qu'il se laissât dominer par des choses étrangères à l'amour. Julien avait des retours plus délicieux que la constance ; mais Anna craignait que le Parlement ne l'entraînât encore plus loin.

Des lettres arrivaient de la province ; on venait demander Julien jusqu'à la campagne ; il répondait à tout, voulait retrouver ses votes, et pressait les choses pour partir. Le moment arrivait où il fallait quitter l'Indienne : un mois peut-être serait le terme de cette première absence. Le jour où il devait partir, il montra des regrets et une faiblesse qui attendrirent Anna : il devait partir le matin, le départ fut remis au soir. Dans un moment d'exaltation il lui dit :

« Si ce départ vous afflige trop, si mes affaires vous importunent, dites un mot, je reste, je vous sacrifie mon ambition : je vivrai à vos pieds, je lirai, j'étudierai avec vous, heureux de passer mes jours dans la retraite et l'innocence ! »

Mais l'Indienne repoussa des offres qu'elle eût craint d'accepter de son amant.

D'ailleurs Julien semblait si dévoué, si disposé à rester près d'elle, qu'elle perdit de sa jalousie. À dix heures du soir les chevaux de poste arrivèrent. Tandis que les domestiques arrangeaient les porte-manteaux et la voiture, les deux amans se faisaient les tendres adieux d'une première séparation. Ils promettaient de s'écrire tous les jours, de se réunir le plus promptement possible. Anna s'informait si Julien avait gardé son manteau pour la nuit ; lui recommandait sa santé délicate, s'inquiétant pour lui comme si c'était son premier voyage, et qu'il n'eût pas fait le grand trajet des Indes. Tout était prêt pour le départ : John, le domestique indien de Julien, vint prendre les livres et les objets que son maître gardait près de lui dans la voiture. On entendait le hennissement des chevaux et le bruit des gens. Julien ne se hâtait pas, disant à l'Indienne mille choses, restant assis près d'elle.

L'INDIENNE.

« Tout est prêt, lui dit-elle, avec ses doux yeux pleins de larmes ; si je vous priais de rester encore ce soir, le feriez-vous ?

— Oui.

— Vous resteriez ?

— Ce me serait bien facile.

— Vous dites cela.

— Voulez-vous que je renvoie les chevaux ?

— Et vos élections ?

— Elles seront retardées d'un jour. John, cria-t-il en ouvrant la fenêtre, montez ! »

L'Indienne était dans la joie ; elle trouvait cette action si gracieuse ! il semblait que Julien ne dût jamais partir : elle oubliait ses regrets et ses inquiétudes.

Les chevaux furent renvoyés. Les amans restèrent encore ensemble et ne furent jamais plus heureux de se retrouver.

Le lendemain matin le départ revint avec toute sa tristesse ; mais Julien ne savait pas partir ; il demanda à Anna de l'accompagner à moitié chemin, et de prendre là une autre voiture pour revenir à Hampstead. Elle consentit facilement ; ils partirent ensemble. Le voyage fut gai. Julien lui disait qu'ils parcourraient le monde ensemble, qu'il n'était heureux qu'avec elle ; lui faisant remarquer la campagne, les mouvemens du terrain, les jolies maisons devant lesquelles ils passaient, il vantait l'Angleterre ; mais Anna se moquait de la nature arrangée, de la verdure noire, des petites barrières, et disait qu'il ne faut parler à une Indienne ni de la campagne, ni des arbres, ni des fleuves, ni des mers. Arrivés à l'endroit où ils devaient se séparer, Julien voulut dîner avec Anna : ils oubliaient qu'ils s'allaient quitter ; enfin, le moment tant retardé arriva. Jamais Julien n'avait paru si triste, si tendre ; jamais il n'avait trouvé des paroles ni des accens si touchans. Anna resta pénétrée de sa tendresse, de sa bonté ; elle était reconnaissante pour tant d'amour. Voyageant seule, elle se livra, au retour, à une exaltation qu'elle n'avait jamais connue : le visage de son amant, sa pâleur, sa distinction, sa délicatesse, cette santé qui semblait l'annonce d'une vie fragile, lui inspiraient des sentimens d'une langueur qui épuisait son âme. La religion lui faisait trouver dans son amant une ressemblance avec ce Dieu périssant jeune dans des douleurs inexprimables pour sauver le monde, et gardant jusqu'à la fin sur son front décoloré une résignation céleste.

L'Indienne portait la religion partout : c'était Julien, c'était Dieu qu'elle aimait ; c'était un être qui pouvait souffrir et mourir, et avec lequel il fallait aussi souffrir et mourir.

CHAPITRE X.

Où étaient pour Anna les souvenirs du pays ? Bords indiens, témoins de ses premiers soupirs, que vous étiez loin ! Eût-elle pu seulement se rappeler la maison paternelle, les plaisirs de son enfance, les doux ombrages du Bengale ? Ce n'était pas alors qu'elle avait connu la mollesse ; Julien seul l'avait fait femme d'Asie, lui avait révélé sa race. Ce cœur inflammable, Julien l'avait allumé : la tristesse alimentait cette ardeur des tropiques, exaltée par la douleur.

Anna était à peine de retour chez elle que Julien lui écrivit qu'il avait été malade à moitié chemin et forcé de s'arrêter, la priant de venir le joindre, disant qu'il mourrait de tristesse loin d'elle. Anna partit dans la nuit ; mais quand elle arriva, il ne songeait, déjà guéri, qu'à sa province, qu'à son retard :

« Vous ne savez pas, disait-il à Anna, ce que vaut un moment dans ces choses ! »

Il lui faisait voir les lettres de ses électeurs qui le pressaient d'arriver. L'Indienne cacha sa jalousie, et, en le quittant, il fut convenu qu'elle irait le rejoindre, si les élections ne prenaient pas tout son temps.

Durant sa solitude, elle alla rendre à madame Bolton sa visite ; elle y fut avant le dîner. M. Bolton était absent pour les élections, où il avait de grandes chances d'être nommé ; sa femme reçut Anna, entourée de ses enfans, dont l'aîné n'avait pas plus de sept ans. Sa belle-sœur était là qui faisait lire les deux aînés, en les reprenant avec sévérité ; elle s'interrompit pour recevoir l'Indienne. La maison était ornée : les tables, les consoles surchargées de petits flambeaux, de petits ornemens ; un luxe d'imitation sans goût et sans choix. La famille venait de faire une toilette pour le dîner ; les enfans avaient les bras entièrement nus et violets.

« Ces pauvres petits, dit Anna en les caressant, ne pourraient-ils pas mettre des manches longues un jour où il pleut et fait aussi froid qu'aujourd'hui ?

— Ce n'est pas l'usage ; nous ne faisons pas même cela l'hiver, » répondit froidement la mère en regardant les bras violets de ses enfans.

Il est affreux pourtant, pensa l'Indienne, de voir l'hiver ces bras du peuple et des enfans nus et violets. Elle demandait l'âge d'un des garçons, le nom d'une petite fille ; la mère répondait sans les regarder, avec la même indifférence que s'il se fût agi du prix de ses meubles.

« Il y en a un là dans la chambre, dit Anna, qui crie beaucoup ; c'est le plus petit : est-il malade ?

— Non, répondit l'Anglaise en rougissant ; il voudrait téter.

— Faites-le donc téter ; si je vous gêne, je m'en irai.

— Oh ! il peut attendre, » répondit la mère imperturbable.

Anna ouvrit la porte, et fit entrer la bonne ; elle donna l'enfant à sa mère, qui le reçut comme on reçoit un paquet, mais qui ne voulut jamais lui donner à téter, l'envoyant dans le jardin avec sa sœur aînée. Anna lui vantait ses beaux enfans, quoiqu'ils fussent immobiles comme leur mère, cherchant à éveiller sa sensibilité ; mais l'Anglaise répondait qu'ils lui donnaient beaucoup de peine, d'inquiétude ; elle pensait déjà qu'elle enverrait un jour l'aîné des fils aux îles, qu'elle mettrait l'autre dans l'armée, que ses deux filles iraient dans une pension en France ; enfin, c'était une charge que cette famille, charge qu'elle supportait avec de la vertu, mais qu'on eût estimée heureuse dans un pays moins triste. Anna sortit, et il lui sembla qu'elle respirait plus librement dès qu'elle fut dans la rue.

CHAPITRE XI.

Julien n'appela pas Anna près de lui, mais ses lettres la rassurèrent ; il se plaignait des ennuis et des petitesses d'une élection.

« On attribue ici ma tristesse aux ennuis d'une élection, lui écrivait-il ; on croit que les visites que je dois faire, les connaissances que je dois renouer, me fatiguent. Il n'en est rien : ma province m'occupe moins qu'Hampstead. Je dis avec le poète espagnol : « À présent elle se lève, à présent elle est triste, elle me regrette, s'afflige de mon absence, me la reproche peut-être, quand c'est moi qui meurs d'amour. »

Un changement se vit alors dans les élections : les électeurs qui suivaient l'aristocratie, les campagnes qui leur étaient soumises, montrèrent une indépendance nouvelle ; l'argent n'eut pas son influence accoutumée, et les voix se réunirent quelquefois sur des hommes qui avaient le mérite de plaire à la multitude. Julien fut nommé sans difficulté : les partis n'étaient pas violens dans sa province ; on se divisait entre deux familles plus qu'entre les Wighs et les Torys : cette province était aristocrate. Ainsi Julien, tout en suivant l'opposition, se trouva toujours libre, comme il l'avait été autrefois, de rester modéré ; car l'ambition qui le poussait aux affaires n'altérait pas la nature de son esprit. S'il était homme d'action par son caractère adroit et audacieux, il était homme d'étude par sa pensée, jugeant parfois avec sévérité et dédain les passions qui l'entraînaient. Le mouvement des intérêts politiques le charmait sans l'abuser ; il avait tant vu se tromper, qu'il aimait à dire qu'il ne savait pas ; si les hommes s'engageaient dans une voie, il cherchait si la vérité n'était pas dans la voie opposée. Aspirant à dominer son ardeur pour la bien diriger, ce qu'il eût voulu, c'était faire de la science avec passion ; mais il se défiait modestement de sa modération et de sa force. Avec une conscience scrupuleuse, il devait souffrir dans les affaires, quoiqu'il se rangeât sous ce grand abri de la constitution anglaise qui prévient les coupables en ayant empêché les dangers. Si cette organisation, qui enlevait parfois Julien à l'amour, était faite pour charmer et tourmenter sa maîtresse, combien n'était-elle pas plus intéressée par une santé délicate qui recevait une atteinte à chaque événement important, et qui semblait témoigner que Julien devait vivre dans le calme et la douceur de la vie domestique ! Soit que le père d'Anna eût eu des opinions tory, soit qu'elle y penchât naturellement, elle aimait le gouvernement aristocratique, seule poésie de l'Angleterre. Si l'on ravissait à cette île le prestige de ses noms et de ses richesses, quel éclat lui resterait-il qui la rendît brillante aux yeux des étrangers ?

CHAPITRE XII.

Le Parlement s'ouvrit. Ce fut avec émotion que Julien reprit sa place et retrouva la vie publique. Les membres ses amis vinrent causer avec lui ; il ne les avait pas vus depuis long-temps, car ils étaient si occupés, qu'ils ne voyaient leurs amis qu'à la Chambre. Julien était inquiet de reparaître au Parlement : comme il avait réussi la première fois, il craignait d'être au-dessous de ce qu'il avait annoncé. Ces premiers jours, il s'occupa donc de lui plus qu'il n'était dans son caractère, ne parlant à l'Indienne que de son effroi et de l'effet qu'il pourrait produire. L'Indienne ne prenait que peu d'intérêt à cela. Comment d'ailleurs l'activité de Julien et de l'Angleterre n'eût-elle pas fatigué une femme des molles contrées où l'on disait : « Il vaut mieux être assis que marcher ; il vaut mieux dormir que veiller ; mais la mort est au-dessus de tout ? » La nuit où Julien devait parler arriva ; la Chambre était remplie. Il se leva à neuf heures, parla bien, fut approuvé, rappela ses anciens succès. Alors il revint à l'Indienne, et l'entraînant à la campagne :

« Viens, lui dit-il, cherchons les souvenirs de Bombay ; figurons-nous ce jour si splendide et si cher où, en suivant ta chaise à pied, le soleil me rendit presque fou. Tu me donnas, pour essuyer mon front, ce fin mouchoir brodé par ton peuple habile. Jamais l'Inde ne me parut si belle que ce jour-là. Vers le soir, nous franchîmes les hauteurs voisines de Bombay ; rappelle-toi la couleur du ciel, le coucher du soleil sur ces mers, la brise du soir, et ces entretiens à mots voilés qui charmèrent notre retour. »

Durant quelques jours, ils oublièrent ce qui les séparait, ils se crurent transportés sous ces palmiers et au bord de ces mers où ils avaient passé des jours si délicieux.

À leur retour à Londres, un événement important vint occuper toute l'Angleterre : le ministère fut changé ; le duc de Wellington se retira ; Julien vit entrer son parti au pouvoir. L'Angleterre s'était lassée d'être gouvernée à la Bonaparte par un général qui parlait des communes comme on parle d'un régiment, qui traitait avec un égal despotisme les lords et les officiers. Si les vieilles libertés du pays n'eussent été un rempart qui ne permettait au duc d'agir ainsi qu'en apparence, la nation ne l'eût pas supporté deux mois. Le changement du ministère entraîna beaucoup de démissions ; on en donna de places que jusqu'alors on avait gardées à travers tous les changemens politiques : ce fut un vrai bouleversement dans l'administration.

Comme un matin Julien lisait dans les journaux ces mutations, jetant aussi un regard sur la séance du Parlement de la veille :

« Ce n'est pas assez, dit Anna, de passer vos jours et vos soirées à la Chambre, il faut encore que le matin vous lisiez ce que vous avez entendu la veille : c'est une fureur, une maladie. »

Julien sourit, lui prit la main, l'attira vers lui.

« Je ne lirai plus, lui dit-il, si vous voulez parler. »

Mais comme l'Indienne ne répondait rien, fâchée contre lui, il reprit le cours de ses idées, ramassa le journal qui était tombé, et se remit à lire. Anna s'éloigna, s'assit près de la table, et resta la tête appuyée sur ses deux mains. Julien, levant les yeux, la vit, vint près d'elle :

« À quoi pensez-vous ? lui demanda-t-il.

— Je pense à Bombay, à nos fêtes, à mes amis, à ma mère. »

Julien se rassit, reprit son journal. Ce qu'il y avait d'affreux, c'est que l'Indienne voulait se venger et que Julien n'y songeait pas, qu'il se remettait tranquillement à s'occuper des Chambres.

« Combien de temps faut-il pour retourner dans l'Inde ? demanda Anna avec indolence ; est on toujours aussi long-temps que nous avons été ?

— Que dites-vous là ? reprit tranquillement Julien en quittant le journal ; venez causer avec moi et ne parlons pas de l'Inde.

— J'en veux parler. Quel mal y aurait-il à ce que j'allasse à Calcutta voir mes tantes ?

— Vous êtes libre, dit Julien avec humeur en se levant.

— Je partirais dans quinze jours avec le capitaine Hall. Vous ne voulez pas me dire quand j'arriverais ?

— Finissez cela ; ce jeu me fait mal, et n'a pas le sens commun.

— Ce n'est pas un jeu : je partirais avec le capitaine Hall, j'irais à Calcutta, je verrais ma tante Anna et ma tante Élisabeth, je retrouverais notre ciel, nos fêtes : mes tantes reçoivent beaucoup de monde. Je me suis autrefois fort amusée à Calcutta, où notre luxe asiatique se déploie ; vous ne pouvez vous imaginer la beauté de Calcutta, où un bras du Gange, sous le nom de l'Ougli, amène les gros vaisseaux. Les maisons sont ornées de terrasses chargées de fleurs ; l'aspect de la ville est enchanteur. Six mois pour aller, peut-être, six mois là… »

Julien, poussé à bout, s'élança vers elle, lui prit les deux mains, et la regardant indigné :

« Parlez-vous sérieusement ?

— Oui. »

À ce mot, Julien, hors de lui, poussa violemment Anna sur le canapé, où elle alla tomber, la chevelure défaite et à moitié effrayée ; elle dit d'un air dédaigneux :

« Je déteste ces façons-là, mais Julien n'avait pas retrouvé sa tête.

— Ne parlez pas, s'écria-t-il, je suis capable de tout ! »

Anna se tut. Ils restèrent quelque temps immobiles ; Anna l'air insolent, Julien la figure renversée. Enfin il s'éloigna à l'autre bout de la chambre, s'appuya contre le mur comme un homme accablé. Anna alla vers lui, lui dit des paroles tendres.

« Vous me faites mal, lui dit-il douloureusement ; vous m'ôtez la raison. »

Anna resta près de lui, prit sa main ; il s'attendrit, il la serra sur son cœur, il lui demanda pardon à genoux : la réconciliation fut passionnée. Ils restèrent long-temps à causer, rire, se moquer d'eux-mêmes, ou se dire les choses les plus tendres ; et quand Julien ensuite se mit à répondre à quelques lettres, Anna ne put ni écrire ni lire : des émotions religieuses la pressaient. Quittant la table, elle alla au fond de la chambre se mettre à genoux devant le canapé : elle songeait à Dieu, elle lui apportait sa faiblesse, elle entendait des concerts célestes, elle voyait les anges, étendant leurs ailes, prendre vol vers le ciel. Les saintes femmes accueillaient ses soupirs, et elle distinguait cette immortelle échelle qu'Eudor martyr aperçut dans l'arène.

CHAPITRE XIII.

L'Angleterre était agitée : des soulèvemens d'ouvriers avaient eu lieu dans plusieurs provinces où la misère se faisait sentir ; chaque jour on entendait parler d'un nouvel incendie ; les manufacturiers et les fermiers se trouvaient obligés par la violence à hausser les salaires. Ce fut alors qu'un homme osa imprimer : « Si les pauvres n'incendiaient pas, on ne réduirait pas la dîme et l'on ne prendrait pas des mesures en leur faveur... Une pauvre femme veuve est morte de faim à Marylebone, quoiqu'elle se fût adressée au préposé des pauvres. Qu'on parle des incendies, vraiment ! qu'on dise qu'ils sont un malheur pour le pays ! L'incendie de tout Marylebone ne serait pas un crime à moitié aussi malheureux que celui d'avoir laissé mourir de faim cette pauvre veuve ! » Ces paroles, d'une audace sans égale, parurent à Julien du plus grand danger ; il fut d'avis qu'il fallait les punir, s'étonnant que l'attorney général ne fît point un procès à Cobbett pour son journal populaire, et, d'accord avec ses amis, il se proposait d'interroger les ministres à la Chambre, lorsqu'au moment où il allait parler dans la nuit, un jeune membre se prononça contre un procès, soutenant que les paroles de Cobbett n'en auraient que plus d'éclat, et citant plaisamment ce fameux procès de Hone, accusé pour un pamphlet où il avait parodié le catéchisme, et acquitté, quoiqu'il eût dit : « Je crois en Georges le régent tout-puissant, créateur des nouvelles rues et chevalier du bain ; et dans le présent ministère, son unique choix, qui fut conçu du torysme, né de William Pitt, qui a souffert la perte de sa place sous Charles-James Fox ; qui mourut, fut maudit et enterré ; qui dans peu de mois renaquit de sa minorité, se replaça sur les bancs de la trésorerie, d'où il se moque des pétitions du peuple, demandant la réforme, et priant que la sueur de son front lui procure du pain. »

Julien abandonna l'idée de faire un procès ; il déplorait d'ailleurs la nécessité des commissions spéciales, qui, secondées par la sévérité du jury, sévissait contre des malheureux, dont la plupart obtinrent des curés et des autorités un certificat de bonne conduite antérieure, comme si la misère, de même que l'injustice, soulevait d'abord les braves. L'un de ceux qui périt était depuis plusieurs mois à moitié fou du chagrin d'avoir perdu sa femme : subissant son supplice avec un autre plus méchant que lui, ces deux hommes montrèrent peu de courage en voyant l'échafaud ; leur force physique manqua : il sembla qu'ils avaient l'organisation délicate des hommes du midi.

La peine de mort est trop prodiguée en Angleterre ; le pays, comme Julien, eut horreur de ces exécutions. On demandait la réforme comme un remède à la misère, et les journaux étaient pleins de réclamations contre l'Église.

« Cette île habitant sur ses vaisseaux, dit Julien à l'Indienne, ayant le monde à exploiter, a laissé se réunir les terres en peu de mains, créant l'industrie. Ainsi, au siège de la puissance anglaise, se trouvèrent les seigneurs et les fabricans, les substitutions et les ateliers. Les machines s'employant dans de vastes exploitations rurales, comme dans les grandes fabriques, les gens de la campagne et des manufactures furent également des ouvriers avec les défauts de cette classe, perdant l'ordre et l'innocence des laboureurs, menacés de tomber dans la misère ou le crime par cette fluctuation inhérente à l'industrie, qui, comme la nature, détruit et recrée tour-à-tour. La population s'accrut, appelée par l'ouvrage, puis souffrit quand l'ouvrage se déplaça ou manqua ; mais il ne faut que contempler notre peuple, ses vêtemens, sa force et son nombre sur le sol, pour se convaincre de sa prospérité. On para au mal de la chose par une taxe pour les ouvriers sans travail, appelée taxe des pauvres, dont on se plaint aujourd'hui ; mais qu'il ne faudrait changer qu'en trouvant de meilleurs moyens. Les terres réunies dans des mains peu nombreuses produisirent ces richesses et ce luxe qui font que l'Angleterre, boutique de l'univers, est encore sa meilleure pratique. Petite culture, petite fabrique, tout disparut par l'effet de nos lois et de ce grand essor donné à notre marine marchande. L'aristocratie se renforça à côté de l'industrie, retenant l'Angleterre aux sentimens de gloire trop étrangers au commerce : le pays fut illustre et riche. Peut-être les ouvriers s'augmentant de plus en plus, et les richesses se réunissant toujours en moins de mains, un changement est devenu nécessaire : les anciens fondaient des colonies avec leur population surabondante, nous devons nous occuper d'améliorer le sort de la

L'INDIENNE.

nôtre. »

Ces troubles et ces exécutions rendirent Julien malade ; mais quand Anna, en le voyant souffrir, parla timidement du doux climat des Indes, Julien lui demanda avec ironie si l'on quittait la vie politique pour un doux climat. Il s'irritait dès qu'elle parlait contre la Chambre, lui disant de renoncer au Gange et au Bengale, et qu'elle ne les reverrait plus. Quelques scènes éclatèrent entre eux ; l'Indienne souffrait et pleurait. Julien disait qu'il fallait à un homme public la paix chez lui. Mais comme les soulèvemens d'ouvriers furent réprimés, que le Parlement n'eut pas de questions importantes, et qu'il se ferma bientôt pour un mois, les deux amans retrouvèrent leur bonheur, trop tôt interrompu par un bill fameux qui vint mettre Julien dans le plus grand embarras.

CHAPITRE XIV.

Le jour était venu où lord John Russel devait présenter le bill de réforme : dès les quatre heures la Chambre était occupée ; beaucoup de membres que la salle ne pouvait pas contenir (car elle ne peut contenir tous ses membres) attendaient dans les corridors ; les galeries étaient comblées ; les alentours et les rues qui avoisinent la Chambre se trouvaient remplis de citoyens agités qui, se divisant par groupes, s'entretenaient de l'événement du jour.

Lord John Russel s'avança enfin près de la table dans un grand silence, et lut avec assurance, mais d'une voix qui manque de force, le bill tant annoncé. L'étonnement et l'agitation de la Chambre furent extrêmes ; à peine écouta-t-on les membres qui répondirent. Julien rentra chez lui, ne pouvant cette nuit ni se coucher ni dormir, contant à l'Indienne son étonnement, son inquiétude, les nouvelles destinées où l'on appelait l'Angleterre. Il s'oublia lui-même dans cette nuit fameuse ; et quand Anna lui demanda quelle conduite il allait tenir, s'il voterait pour la réforme, il dit non ; mais songeant qu'il était nommé pour une province, que la crise serait grande, il ajouta qu'il ne croyait pas voter pour cette réforme, mais qu'il n'avait pas examiné la conduite qu'il devait tenir. Le lendemain Londres fut dans une agitation qui devait bientôt se répandre dans toute l'Angleterre. Chaque ville, chaque homme était étonné : le bill dépassait ce qu'on avait attendu ; Julien n'entendait partout que des opinions violentes, naissant de l'agitation du moment, son rendu par l'instrument au moment où il est frappé, mais qui s'éteignent sans trace ni valeur.

Pour lui il se demandait :

« Est-ce le chef-d'œuvre du pouvoir d'avoir ainsi dépassé l'attente du pays et de rallier la nation à la royauté ? Est-ce au contraire imprudent et absurde d'exciter un peuple déjà agité, et de rendre dangereux par sa violence un changement favorable s'il était graduel ? »

On ne pouvait pas dire que les ministres cédaient à la nécessité, puisqu'ils avaient étonné tout le monde ; on savait que lord Brougham, celui des ministres dont la capacité devait inspirer le plus de confiance, n'aurait pas voulu un bill si violent. D'ailleurs, sommes-nous au temps où des concessions pareilles rallient un peuple à la royauté ? Les ministres semblaient plutôt vouloir flatter la nation en hommes subjugués et faibles qui ne voient que ce qu'on leur montre, et croient faire une merveille en faisant plus qu'on ne leur demande. Ils venaient de mettre en branle des choses trop fortes pour leurs mains et dont ils n'avaient pas prévu le poids.

Julien était dans ces idées quand M. Bolton entra dans son cabinet. M. Bolton, qui avait une santé de fer et dont le visage ne trahissait nulle impression, avait pourtant l'air fatigué. Julien avait contribué à sa nomination au Parlement.

« Cher Bolton, s'écria-t-il en le voyant entrer, que dites-vous de tout ceci ? est-ce pour appuyer ce bill que vous voilà dans la Chambre des communes ? »

M. Bolton était grave ; il se trouvait dans une position délicate ; si ses électeurs, son ambition comme tous ses intérêts l'appelaient à soutenir le bill, son jugement calme blâmait les ministres et portait attention aux discours de l'opposition, dont il n'était pourtant pas la dupe.

« Ils vont trop vite, dit-il à Julien, mais il faut les suivre ; il ne sert à rien de vouloir retenir un pays. Les hommes prudents, en s'unissant aux ministres, empêcheront le peuple d'emporter la place d'assaut.

— Je ne nie pas que, par la marche progressive des choses, les classes moyennes, riches et cultivées ne doivent obtenir une part plus grande dans les affaires, au détriment sans doute de l'aristocratie vieillie ; mais il me semble impossible de donner son appui aux mesures qu'on prend pour atteindre ce but.

— Les hommes qui agissent en second ordre, reprit M. Bolton, doivent admettre les faits dominateurs qu'ils ne peuvent pas changer, et se ranger là-dessus. Si la forme de gouvernement actuelle était la *meilleure* (et comment notre espèce progressive pourrait-elle dire qu'une forme est la *meilleure ?*), je voudrais me ranger comme vous avec les Langton, Hampden, Russell, Argyle, Chatam ; mais dès qu'en principe je suis pour la réforme, il faut la suivre sans entrer dans des distinctions que le peuple ne comprend plus. Bien qu'en augmentant l'influence populaire les affaires doivent perdre de leur hauteur, la richesse de l'Angleterre les tiendra toujours plus élevées et plus compliquées qu'en France.

— Non, non, dit Julien après quelques momens de réflexion, le bill est malhabile et coupable ; ce n'est plus de la science politique : la nation se manque à elle-même, je ne saurais être du parti des vainqueurs. Un homme dans notre histoire s'est surtout attiré mon respect : lord Falkland n'aimait-il pas la liberté ? la postérité l'a-t-elle regardé comme un ennemi du peuple ? Lord Falkland se rangea du côté du Roi ; il se fit tuer durant la guerre civile, à cause de la douleur que lui causaient les maux de sa patrie. Si les temps sont changés, c'est une raison de plus pour suivre Lucius Falkland, car le peuple a gagné sa cause et n'a plus besoin que d'être modéré. »

Ce n'était pas tant l'ambition que l'amour du travail qui dominait M. Bolton ; les affaires d'Angleterre lui appartenaient par la nature de son caractère et de son intelligence, précisément en rapport avec ces affaires. Il comprenait Julien ; dans sa position, peut-être, il eût pris le même parti, mais il se trouvait un autre devoir à remplir. Il aimait Julien, le croyant appelé à jouer un rôle et le voyant avec plaisir s'y préparer. Une mutuelle bienveillance les unissait.

« Vous n'avez dû qu'à un mariage riche, dit Julien, les moyens de vous faire nommer à la Chambre, où vous appelaient vos talens. Je dirai qu'en Angleterre on est séparé de l'égalité par une génération : l'homme pauvre qui veut arriver aux affaires doit d'abord faire fortune, et c'est son fils qui en profite pour parvenir. On a donné le pouvoir au talent et à l'argent unis. On parvient par les bourgs, mais en servant l'aristocratie : tout se range du côté de la force, et le peuple est, au moral comme au matériel, faible par sa puissance même, son grand nombre. On a dit que l'Angleterre avait trois pouvoirs, les communes, les pairs, et le roi ou les ministres ; le fait est qu'elle n'en a qu'un, l'aristocratie occupant le ministère et les deux Chambres, accueillant le talent dans toutes les classes et se réglant sur l'opinion. »

CHAPITRE XV.

Julien n'était pas décidé sur ce qu'il devait faire ; des pensées diverses l'agitaient, lorsqu'en entrant à la Chambre à sept heures, il fut rencontré dans une des salles par lord Hampshire, qui s'écria :

« Eh bien, qu'en dites-vous ? c'est absurde, jamais cela ne passe Quelle folie ! C'est la France qui nous mène là ! »

Au même instant M. Surrey, membre des Communes, beau-frère d lord Hampshire, s'approcha :

« Tout est perdu, dit-il, l'Angleterre va être en pleine révolution.

— Vous croyez cela ? dit son beau-frère ; il n'en sera rien. Mais voici M. Bolton qui se rend à sa place, arrêtons-le. Monsieur Bolton, êtes-vous content ? »

M. Bolton répondit :

« Nous allons bien loin, je ne m'attendais pas à une réforme si complète, je la soutiendrai.

— Ce qu'il faudrait, dit lord Hampshire, ce serait de proposer un autre bill et d'arrêter celui-ci.

— Le voulez-vous ? demanda Julien, je suis avec vous.

— Il en était question hier chez sir Robert Peel ; nous verrons.

— On est trop étonné, reprit M. Bolton, on ne fera rien ; le parti du ministère même est surpris ; pour moi, je pense qu'ils vont trop vite, mais qu'il faut les suivre.

— Eh bien, dit M. Surrey, qui n'avait pas deux idées en harmonie, peut-être ce bill ne fera rien du tout ; on disait cela hier : on nous ôte les bourgs, mais nous aurons plus d'élections de provinces ; enfin on devait s'attendre qu'une réforme serait une réforme.

— Comment ! s'écria lord Hampshire, défranchiser les bourgs ! ajouter des villes à la représentation ! donner deux membres de plus à vingt sept comtés ! mettre le droit électoral dans les villes à dix livres par an du loyer d'une maison, ce qui ajouterait peut-être cinq cent mille électeurs aux électeurs actuels ! mais c'est formidable : le pouvoir est en démence, il faut l'interdire ; c'est ce que nous ferons.

— Les deux membres de plus donnés aux vingt-sept comtés, reprit M. Surrey en hésitant, rendront à l'aristocratie, qui influera sur ces élections-là, le pouvoir qu'on lui ôte ; et le droit électoral de dix livres donne l'élection au bas peuple, qui nous reviendra toujours.

— Eh ! mon frère, que dites-vous ? lord Brougham lui-même a trouvé ce droit électoral trop bas dans le conseil ; et quant à nous rendre l'influence, ne vous y fiez pas, dans l'agitation où se trouverait le peuple, possédé comme il l'est par l'idée que la réforme abolira les taxes énormes et lui donnera le bien-être.

— La réforme est grande sans doute, dit M. Bolton, mais nous ne

33 'exercer les droits que la constitution nous laisse : chaque devait envoyer aux Communes deux chevaliers, chaque bourgeois, chaque bourg deux membres ; les comtés ont : nombre qui devient trop mince pour les plus considérables ; .es nouvelles n'ont pas de représentans, tandis que les bourgs :s ont conservé les leurs. Nous remettrons les choses dans l'ordre progression équivalent à l'ordre passé : on n'a jamais craint de oucher à la représentation, qui fut modifiée selon les temps.

— Elle fut modifiée en faveur de l'aristocratie, répondit Julien ; je craindrais qu'une représentation si populaire, aidée de la liberté de la presse, ne détruisît la pairie et la monarchie. Quand le parlement de la république fit périr le roi, il vota pour détruire la Chambre des lords.

— Le projet n'est pas assez pour un système général, dit lord Hampshire, car il laisse des irrégularités comme en avait l'ancien ; et ce projet est trop, si l'on veut garder l'esprit de la constitution actuelle, qui est de *n'exclure aucune classe du gouvernement, et cependant de laisser quelques barrières contre les passions et les absurdités du vulgaire.* Les vœux, les efforts seront vains, le bill sera rejeté… Mais je vous retiens, Messieurs, séparons-nous. Vive la France ! elle nous mène à la remorque, et du moins elle rit des révolutions ; je l'ai vue en juillet agir gaîment, ici tout est sérieux et morne à périr. »

En disant ces mots il se sépara des autres, qui entrèrent dans la Chambre des communes.

La Chambre contenait peu de monde, les membres ne faisaient qu'entrer et sortir, car l'orateur, debout alors, n'excitait nul intérêt. Julien s'assit un moment à sa place, il était agité, il songeait à un autre bill ; mais comment, lui, jeune et sans influence personnelle, pourrait-il rallier l'opposition ? Il voulut du moins le tenter, et quittant la Chambre, où l'orateur parlait dans un vide toujours plus complet, il se rendit dans les salles pour trouver des membres de l'opposition et causer avec eux. Mais, comme avait dit M. Bolton, le parti était dérouté, Julien ne trouva ni résolution ni zèle, et une certitude que le bill serait rejeté qui paralysait les efforts pour l'éloigner. Julien se promit d'aller le lendemain voir plusieurs des membres. Il retrouva de la douceur près de l'Indienne ; il eût voulu pouvoir oublier en l'aimant les affaires qui le tourmentaient ; mais si elle calmait son irritation, elle ne la détruisait pas. Le lendemain il déjeuna à peine avec elle, et sortit aussitôt pour voir les membres de l'opposition et se concerter avec eux pour un autre bill.

Anna resta triste à l'attendre ; elle le voyait trop agité pour sa santé, et songeait que les affaires publiques ont tué les hommes qui les ont suivies avec trop d'ardeur. Cette pensée la jetait dans un désespoir où elle ne voyait point de remède, car il était impossible d'arracher Julien à la Chambre. Il ne rentra qu'un moment pour s'habiller, avant de se rendre à la Chambre ; il était sombre.

« Je n'ai pas le temps de vous conter ce que j'ai entendu, dit-il à Anna, mais j'ai peu d'espoir de succès ; je vais faire de derniers efforts à la Chambre ces jours-ci. »

CHAPITRE XVI.

Julien ne put réussir ; l'opposition ne sut pas l'entendre. Laissé libre par sa province, il n'avait qu'à choisir pour lui-même la marche qu'il devait suivre.

« Je voterai contre le bill, dit-il tendrement à l'Indienne, je quitterai les affaires, et je serai tout à vous.

— Nous irons dans l'Inde chercher le Bengale, dont vous étiez curieux, » dit-elle avec douceur.

Mais Julien sourit et secoua la tête. Les rivages de Bombay, le soleil de l'Inde et sa maîtresse, ne valaient pas ces mortelles inquiétudes où il se consumait.

« L'homme du nord est né pour souffrir, dit Anna ; vous préférez ces affaires à notre ciel bienfaisant et à l'amour. Vous me faites comprendre l'histoire des Indes : dans un beau pays on n'est pas subjugué par des intérêts si positifs. Nous laissons nos prêtres nous gouverner et nous instruire par des allégories : les eaux du Gange, où la loi divine nous ordonnait de nous plonger chaque jour, nous enseignaient la pureté de l'âme ; la fécondité de la terre, représentée par nos fleurs et notre cactus sacré, nous apprenait qu'il fallait être épouses et mères chastes, et nous ne craignions pas de boire à cette coupe d'ivresse que notre dieu, dans ses méditations, ne refusa pas des mains de sa suprême épouse. »

CHAPITRE XVII.

Dès que Julien eut pris son parti, il voulut s'expliquer devant la Chambre. Les discussions se pressaient ; quelques jeunes membres saisissaient avec empressement une si grande occasion de parler :

comme c'était une question générale, ils n'étaient pas retenus par ce besoin de connaissances particulières qui arrête un membre à ses premiers pas, et, débitant leurs opinions sur l'aristocratie, la représentation, le gouvernement, s'appuyant de Machiavel, de Montesquieu, de toutes leurs études de collège, ils croyaient qu'ils allaient étonner la Chambre par la profondeur ou la nouveauté de leurs aperçus, replacés bientôt sur leur banc par cette main puissante de la Chambre des communes, qui tient forcément chaque membre médiocre à sa place. M. Surrey, qui, à l'âge de quarante-cinq ans, s'était avisé de se faire nommer à la Chambre pour prêter son appui à l'aristocratie, avait fait un discours dont il attendait un effet merveilleux. Prenant des leçons chez un acteur de Londres, où il passait la moitié de sa vie, et où il rencontrait de jeunes membres des Communes, il avait étudié ses attitudes, ses gestes, la manière de tenir son chapeau, d'exprimer l'indignation par un mouvement du bras.

« Je parle ce soir, dit-il à Julien, qu'il rencontra à la Chambre le jour où il devait parler ; j'ai trouvé contre la réforme des argumens dont on ne se doutait pas. Les ministres seront furieux, ça m'est égal ; il faut bien leur apprendre à vivre. Je parlerai long-temps, car ce sera moins sec que sir Robert Peel ou M. Stanley, moins jovial que sir Charles Wetherell, plus solide que M. Macaulay ; enfin, si je ne devais pas un peu étonner la Chambre, je ne voudrais pas me lever. »

Julien le quitta pour aller lire en haut, peu curieux de l'entendre. Quand il rentra dans la Chambre, M. Surrey, qui sortait, lui dit :

« Jugez de ma contrariété ! je n'ai pas pu avoir l'œil du président ; je me suis levé deux fois, il ne m'a pas regardé ; il a donné la parole à M. Hunt et ensuite à M. Croker. Je vais dîner, ce soir je serai plus heureux. »

Quand il revint le moment était favorable, peut-être le président l'eût regardé.

« Eh bien, lui demanda Julien qui le rejoignit, vous ne vous êtes pas levé ?

— Faiblesse étrange ! répondit M. Surrey ; la peur m'a pris, je n'avais plus ni voix ni mémoire pour improviser, car je sais quelque chose de ce que je dois dire, quoique j'improvise avec une facilité qui m'étonne moi-même.

— Surrey, le moment est encore favorable, voilà un membre qui parle mal et va se rasseoir ; levez-vous. »

Il s'éloigna, M. Surrey se leva et commença son discours. Après un préambule d'une demi-heure sur l'honorable membre qui l'avait précédé et des réflexions d'une autre demi-heure sur des circonstances personnelles, il demanda si les Communes avaient été en réalité utiles aux libertés de l'Angleterre ? Le bruit des conversations particulières, le mouvement des membres qui entraient et sortaient, couvraient sa voix. Il s'interdit, continua avec une assurance toujours moindre, oublia ce qu'il devait dire ; enfin tournant court, il termina sans que la Chambre se fût aperçue où il s'était arrêté. Il se rassit, mais resta absorbé ; plus tard il dit à Julien :

« Cette Chambre n'a pas le sens commun, on n'y saurait présenter une idée nouvelle. Je crois qu'un grand homme y serait bien déplacé, ne se trouvant ni compris ni suivi. »

Il partit de là pour faire une longue sortie contre la Chambre des communes, accusant l'incapacité des membres, sans douter de son propre talent ; car c'est le trait des hommes qui ne réussissent pas dans les assemblées législatives, de médire de ces assemblées. Si l'éloquence publique tient à l'intelligence des affaires, au goût même de la vie politique, cette éloquence n'en est pas moins une spécialité, un don du ciel, qu'on a ou qu'on n'a pas, qui se développe et s'augmente sans doute par la culture, mais qui ne suit nécessairement ni l'esprit ni le caractère, ni même l'éloquence écrite. Ce pur sang des orateurs, comme l'appelle le plus éloquent des Romains, est aussi rare et aussi dépendant du hasard que toute autre illustration. Remarquant comme nous que le mérite et les idées d'un homme ne constituent pas l'éloquence, il comparaît l'orateur au joueur de flûtes, désignant les hommes comme les instrumens du joueur : si les flûtes rendent le son qu'il veut, s'il les manie à sa fantaisie, c'est-à-dire si les hommes sont émus, il est orateur. Un homme vulgaire, cherchant le talent dans l'homme, eût comparé la parole à la flûte ; Cicéron, cherchant le talent dans les impressions qu'il produit, prend l'homme même pour l'instrument de l'orateur.

Sans doute la Chambre des communes est moins facile à remuer que le forum ; derrière le public éclairé au forum, était le peuple prompt à s'émouvoir, et plus accessible, par sa simplicité même, aux choses fortes et grandes ; dans la Chambre il n'y a que la fleur de la société : bien instruite des affaires de détail par ses membres de province, savante et pratique par ses hommes d'affaires et du monde, insolente et moqueuse par sa jeune aristocratie, elle a tout ce qui peut effrayer la jeunesse.

CHAPITRE XVIII.

Julien reçut bientôt un grand effet des discours de sir Robert Peel, de M. A. Bearing et de quelques autres membres dans les deux partis. Le talent des hommes, l'importance des affaires, le sentiment patriotique qui l'attachait à la constitution, faisaient des nuits du Parlement le bonheur et la force de sa vie ; ses idées le pressaient ; il savait ce qu'il dirait sans l'avoir préparé, car il devait répéter les pensées qui troublaient jusqu'à son sommeil : le moment, la Chambre, l'émotion, donnaient la couleur à son discours. Le jour arriva où il devait parler. Anna, ne pouvant pas aller l'entendre (l'entrée de la Chambre est interdite aux femmes), voulut le conduire en voiture à la porte du Parlement ; quand il fut entré dans ces bâtimens où il allait l'oublier, elle fit arrêter sa voiture devant l'église de Westminster, contemplant un moment les alentours animés de la Chambre : les portes, les entrées, les sorties, les arcades, bien éclairés ; le bâtiment gothique s'élevant avec élégance au-dessus de ces lumières et témoignant les siècles passés comme les témoignait aussi la loi menacée ; un peuple entrant, sortant ; un mouvement continuel autour de la Chambre ; des voitures arrivant à chaque instant pour amener ou reprendre les membres qui vont et viennent ; plusieurs domestiques à cheval à la porte, tenant à la main le cheval de leurs maîtres qu'ils attendent ; les livrées, le luxe, la haute société de l'Angleterre se réunissant pour discuter sur les destinées de la patrie et du monde. Anna se demandait comment en effet songer à la misère du peuple, qui commençait à menacer cette enceinte, quand l'homme, élevé au-dessus de sa condition naturelle par un pouvoir habile et important, se trouvait séparé des masses autant par ses travaux que par ses sympathies ? Les trésors de l'Inde entretenaient ce luxe : son empire immense, cent millions d'hommes étaient tributaires de ce millier d'hommes superbes qui ne daignaient pas s'informer si l'Inde était heureuse ou si elle était belle ; une grandeur factice, brillante seulement par des combinaisons et dans les murs de Westminster, les laissaient étrangers aux faciles joies des riantes contrées, aux inspirations de la nature, à la religion exaltée comme à la philosophie oisive des peuples contemplateurs, Pourquoi l'Indostan n'avait-il jamais su se montrer ainsi dans la civilisation et dans la politique ? Le ciel, jadis, n'avait-il pas béni l'Asie ? Fameuse par sa culture et ses richesses, quand retrouverait-elle sa gloire passée, quand ce Parlement retentirait-il des cris de vengeance contre l'Indostan révolté comme il avait retenti de plaintes contre l'Amérique ? Les Indiens venaient d'envoyer réclamer pour eux. Mais que réclamaient-ils ? cette coutume atroce d'un peuple trop exalté (aujourd'hui interdite par l'Angleterre), qui faisait périr une veuve dans les flammes après la mort de son mari. Anna se fit reconduire chez elle, saluant tristement Westminster et retournant à l'isolement et à l'ennui où les Anglais, plus que tout autre peuple, ont condamné les femmes.

CHAPITRE XIX.

La Chambre fut étonnée quand elle entendit Julien se prononcer contre la réforme, bien qu'il expliquât ses raisons ; mais comme il avait été autrefois d'une opposition modérée, on ne put pas dire qu'il manquait à ses principes ; son discours fut entendu avec émotion ; le parti tory l'appuya par de bruyans encouragemens. Dès qu'il eut fini, sir Charles Wetherell et M. Croker vinrent le féliciter ; il reçut plus tard dans la nuit les complimens d'autres torys. Ce parti, avec la grâce ordinaire, flatta sa jeunesse ; plusieurs des personnes que Julien avait vues à la campagne de lord Hampshire lui rappelèrent cette rencontre. Il accueillit tout le monde avec reconnaissance ; mais il comprenait qu'on voulait l'entraîner plus loin qu'il ne voulait aller : il conserva donc, dans la conversation, la modération qui était dans son discours. Il la conserva le lendemain vis-à-vis de lord Hampshire, qui vint lui faire une visite et l'engager à agir franchement avec les torys, sous peine de s'effacer entre la violence des partis. Julien n'aurait pas voulu s'effacer ; mais il ne pouvait adopter un rôle que ses convictions ne lui dictaient pas : or, ses convictions l'écartaient des deux partis dominateurs.

Invité à plusieurs dîners de l'opposition, il accepta peu d'invitations à cause de l'Indienne, qu'il ne lui plaisait pas de laisser seule, et à cause du mauvais état de sa santé ; car il était presque toujours malade après avoir parlé. Mais un jour qu'il dînait chez sir Robert Peel, où, contre l'usage ordinaire de ces dîners politiques, il y avait des femmes ; lady Hampshire, personne charmante, et sa parente, le plaisanta sur ses hésitations politiques ; et comme elle avait entendu parler d'Anna Berks, aujourd'hui Anna Warwick, elle lui eu dit quelques mois aimables ; car la beauté asiatique d'Anna avait été célébrée par les Anglais qui revenaient des Indes, et l'on savait que Julien, en attendant qu'elle eût divorcé, lui avait donné son nom. Lady Hampshire demanda à Julien d'aller la voir ; il l'y engagea avec plaisir.

CHAPITRE XX.

Julien annonça le même soir chez lui la visite de lady Hampshire, ce qui amusa l'Indienne ; car lady Hampshire était célèbre par sa beauté, l'empire qu'elle exerçait sur son mari et sur les torys ; déjà les journaux l'avaient attaquée une fois en soutenant le bill. Julien, par une coquetterie bien naturelle, aurait voulu qu'Anna lui plût : leur beauté était si différente, qu'elles ne devaient pas rivaliser. Lady Hampshire vint avec empressement le lendemain même ; elle arriva dans une élégante voiture ; l'Indienne fut surprise en la voyant, car elle s'était attendue à un ton de supériorité, à une princesse des Ursins ; elle vit entrer une grande femme blonde dont l'air ingénu et modeste ressemblait à celui de toutes les femmes de l'Angleterre. Lady Hampshire était mise richement : ses dentelles, ses chaînes précieuses, mais du matin ; sa taille charmante, mais sans gêne. La simplicité parfaite et l'élégance de ses manières, étaient un modèle du bon goût des femmes anglaises de la haute aristocratie. Avec le ton bienveillant d'une personne accoutumée à plaire, elle parla à Anna de Bombay, dont un oncle de lord Hampshire avait eu autrefois le gouvernement, et elle vanta le talent de Julien. Anna était à la fois séduite et intimidée par elle. Quand elle retrouva son assurance et son amabilité, lady Hampshire, charmée d'elle, lui dit en souriant :

« L'amour seul et la faiblesse peuvent conduire une femme en Angleterre, le pays où les femmes sont le plus maltraitées et où elles ont mérité le moins d'admiration ; car, excepté Elisabeth, quelle femme supérieure l'Angleterre a-t-elle produite ? Tandis que l'Italie cite presqu'autant de femmes à caractère que d'hommes, tandis que la France en nomme un si grand nombre en tous genres, l'Angleterre stérile n'a dû qu'à l'Irlande quelques femmes inspirées, comme elle lui a dû tant d'hommes de talent. Notre sexe est inférieur à lui-même ici ; je vous laisse à décider ce que cela doit nous faire penser des hommes. Faisant croire aux femmes qu'elles n'étaient créées que pour les servir eux et leurs enfans, ils ont ignoré l'empire de la beauté, profitant de leur force, comme les naturels sans barbe de l'Amérique. »

Elle parla quelque temps sur ce ton, se moquant gaîment de l'Angleterre ; car elle unissait ensemble l'âme, l'élévation, le comique et la verve. Éprise de son mari, mère d'un grand nombre d'enfans, elle avait vu à ses pieds les hommes célèbres de l'Angleterre, aussi glorieuse par sa coquetterie que par son honnêteté ; ses paroles étaient quelquefois hardies : elle se livra avec gaîté devant Anna, détestant la rigueur et voulant rassurer cette innocente Indienne, qui s'était dévouée à Julien, perdant le monde et tout pour lui. Satisfaite d'ailleurs de voir Julien se ranger du côté de lord Hampshire, elle aurait voulu gagner aussi sa femme. Elle montra le désir que les affaires de leur mariage fussent bientôt terminées ; mais elle ne prit nul engagement avec Anna, car les femmes divorcées en Angleterre sont très-difficilement reçues, et lady Hampshire voulait savoir d'abord ce qu'elle pourrait faire ; elle se borna à engager Anna à venir la voir. Examinant l'Indienne, ses cheveux si noirs, ses yeux si doux, sa beauté parfaite, les ornemens de son salon qui venaient de Surate et de Cambaye :

« La société ici est montée sur un grand ton et vous plairait ; c'est autre chose que ce qu'on voit dans les Indes. Si nos maris nous quittent trop souvent pour les affaires, les jours où nous pouvons les réunir avec leurs amis n'en sont que plus charmans. Tous nos hommes d'affaires ne sont pas également graves, et nous avons la jeunesse des communes qui ne nous abandonne pas. Quelques femmes de ma société vous charmeraient ; vous aimeriez nos enfans, mêlés toujours à nos plaisirs ; nos filles si belles et si naturelles. »

Alors elle parla de ses enfans : l'aîné, une fille âgée de dix-huit ans, allait se marier à un homme de vingt-quatre, très-épris d'elle depuis un an, et qu'elle aimait ; le plus âgé des fils, qui avait seize ans, était encore à l'Université, où il annonçait le goût de la dépense plus que de l'étude, ce qui tourmentait un peu son père ; deux autres fils étaient en bas-âge ; une fille de quatorze ans annonçait beaucoup d'esprit ; mais l'enfant favori de lady Hampshire semblait être sa petite Suzanne, qui avait onze ans, qui était belle comme les amours, intelligente, capricieuse, et déjà admirée.

« Je vous l'amènerai, dit lady Hampshire, ou plutôt vous verrez chez moi tous mes enfans. Je crains que l'aînée, Juliette, ne vous paraisse froide ; vous m'aiderez, s'il est possible, à la réveiller, et votre visage, vos manières lui apprendront mieux le charme d'une femme animée que tout ce que je pourrais lui dire. »

Julien entra à ce moment. Lady Hampshire lui montra son admiration pour l'Indienne. Ils causèrent tous deux de leur société. Lady Hampshire, apprenant à Julien des intrigues nouvelles, s'écria tout-à-coup :

« Mais que dites-vous de mon frère, qui empêche cette pauvre

Madame Surrey de me voir ? Il ne la trouvait pas assez isolée, il a fallu qu'il la séparât même de sa belle-sœur !

— Quoi ! madame Surrey ne vous voit plus ?

— Sachez que mon frère, dit lady Hampshire en s'adressant à Anna, enleva autrefois la femme d'un négociant écossais ; elle était jolie, sensible, c'en était assez chez nous pour être proscrite ; mais sa faiblesse ne lui inspira nulle indulgence, elle resta rigoureuse comme une Écossaise ; la légèreté de mes discours, à ce qu'elle disait, la choquait. Mon frère, qui est un homme à la mode, mais exigeant et jaloux, tenait sa femme renfermée, mettant à profit pour lui-même l'abnégation des femmes de cette classe. Je plaignais ma belle-sœur ; je prenais son parti ; je cherchais à la mettre dans le monde. M. Surrey s'est effrayé de mes discours, et pour que je ne répétasse pas qu'il était un égoïste, il a emmené sa femme à dix milles de Londres, lui faisant dire qu'elle ne voulait plus voir personne. Voici nos hommes, ma chère Indienne ; mais M. Warwick est d'une race qui rassure, car ses pères étaient connus pour leur amabilité. »

Après avoir causé quelque temps avec Julien et répété les riens du grand monde, elle quitta l'Indienne, pour laquelle elle avait fait luire en Angleterre un premier rayon de lumière.

CHAPITRE XXI.

Ce rayon de lumière fut suivi d'une sombre nuit. Anna rendit à lady Hampshire sa visite, trouvant chez elle un luxe élégant et une famille unie. Mais le Parlement fut dissous, et lady Hampshire partit pour la campagne avec sa famille. Le ministère, peu satisfait de sa majorité, avait dissous le Parlement pour obtenir une majorité plus grande. Cette dissolution imprudente, cet appel au peuple, porta à l'extrême l'agitation qu'il aurait fallu calmer. Julien se rendit dans sa province ; les élections étaient partout bruyantes ; les torys, redoutant la lutte, se retirèrent dans beaucoup d'endroits. On vit, dans les villes, des jeunes gens d'une haute naissance briguer l'élection par la démagogie, parler au peuple comme eût fait M. Hunt, pour aller rire ensuite en descendant des hustings. L'un d'eux disait plaisamment à ses auditeurs, tous de la dernière classe :

« Il faut se faire rendre compte de la manière dont sont occupées toutes ces places d'amiraux, de généraux, de ministres, qui vous reviennent. »

Et le peuple répondait par un gros rire. Un autre leur parlait de la libre importation du blé, un autre d'attaquer l'Église, jetant ainsi dans le pays des idées qui ne doivent sortir que mesurément de l'enceinte législative. Ces suffrages brigués, achetés par des bien-faits et des présens, cette éloquence en plein air des hustings, ce désordre trouvant place dans un ordre égal, cet essor donné à l'énergie vulgaire, avaient leur prix. Julien se demandait s'il faudrait perdre ce dernier rapport avec l'antiquité, haranguée et séduite à la face du ciel.

Les élections de province offrirent des faits remarquables. On y vit pour ainsi dire des électeurs sortir de terre : les élections de province se font souvent par consentement unanime, et il n'y a pas de votes ; s'il y a des votes, la moitié des électeurs reste chez soi ; cette fois le nombre des électeurs fut grand, quoique le même fait ne se trouvât pas partout. Dans la province de Julien les élections n'eurent rien de remarquable, et il fut nommé, comme il s'y était attendu.

CHAPITRE XXII.

On était au printemps, dont l'influence se faisait sentir à travers les brouillards de Londres. Durant quelques jours le soleil parut et le ciel fut serein. Dans ces rares momens les campagnes de Londres apparaissent dans leur beauté ; le pays est riche et étendu ; si ces campagnes étaient éclairées, elles mériteraient sans doute l'admiration. Une vague tristesse dominait l'Indienne comme au temps où, sensible et seule, elle avait vu, dans des mois différens, le ciel des tropiques retrouver son éclat sur les eaux du Gange, le Bengale se parer de fleurs nouvelles. Pleurant sa patrie, elle rêvait des Indes comme on rêve d'un amant, reportée aux beautés de la nature quand les passions lui manquaient. Julien, de retour des élections, lui parlait à peine, occupé chez lui et cherchant au dehors des distractions. En vain Anna voulait le rappeler aux affections qu'il sentait délicieusement ; s'il retrouvait l'amour et sa douce gaîté, il se le reprochait aussitôt, disant dédaigneusement qu'il perdait son temps.

Comme Anna lui reprocha d'oublier leur bonheur passé, il répondit :

« J'ai trouvé le bonheur dans la Chambre ; je n'ai été heureux qu'au Parlement. »

La saison portait l'âme à l'exaltation ; ce mot devint pour l'Indienne la source des larmes qu'elle avait besoin de répandre ; elle y voyait tous les malheurs pour elle. Que Julien trouvât donc la force de supporter le poids des affaires sans faiblir, qu'il changeât donc son organisation fragile. Julien, la voyant triste, lui donnait des livres ; il lui disait qu'elle était belle, qu'elle était bonne. L'importunant de ses affaires du monde, des détails de sa toilette quand il allait sortir, au moment de s'en aller il lui tendait affectueusement la main ; l'Indienne lui donnait la sienne ; mais quand il avait fermé la porte de sortie, s'échappant comme un enfant de collège, elle jetait violemment son livre loin d'elle et s'abandonnait à un désespoir que sa solitude rendait interminable. Que ses pensées étaient tendres et tristes ! Il fallait renoncer à l'amour tel que sa douce contrée le lui avait fait rêver. Julien lui était aussi cher que jamais ; mais elle ne croyait plus aux passions ; le temps avait brisé sa foi : elle déplorait ce sort de femme aussi dur en Europe qu'en Asie.

Notre âme ne peut pas même se maintenir dans la tristesse ; Anna, lassée de ses larmes, tomba dans un ennui complet qui, n'étant distrait par rien, se changea bientôt en un enivrement faux et sombre ; ses facultés s'altérèrent : un être privé d'air, respirant à peine ce qu'il faut pour vivre, donnera l'idée de cette tension d'ennui : ne lisant plus, n'entendant plus, tout pour elle prenait la couleur de ce ciel de plomb qui avait bientôt ramené à l'Angleterre le silence et la pluie. Des maux de tête affreux, une souffrance générale, suivirent enfin cette gêne d'où l'Indienne cherchait à sortir en faisant des scènes à Julien.

« Vous voulez des scènes, lui dit-il un jour tendrement, moi je les évite ; si vous voulez retrouver votre douceur, je rentrerai ce soir à huit heures. Je sors pour affaire, mais je reviendrai promptement. Votre ennui est affreux, je veux le faire finir ; tu verras qu'au fond du cœur je te préfère à tout. »

Il sortit à ces mots. Anna fut mal consolée ; il fallait dire *Je reste* ; il disait : *Je sors*. Cependant, quand arriva huit heures et qu'elle l'attendit, l'espérance renaquit ; sa vie changeait en un éclair ; mais dix heures sonnèrent, puis onze, et Julien ne parut pas. Cet enivrement d'ennui se prenait à tout ; ainsi un chagrin réel et profond n'eût pas fait plus de mal à l'Indienne que cette attente ; c'était une souffrance dans toute sa personne, une exaltation inouïe ; son énergie sans objet, son existence sans mouvement, avaient passé là, dans cette ardente attente. Elle prenait et quittait sa montre ; chaque voiture légère qui se faisait à peine entendre sur le sable uni des rues de Londres, chaque coup redoublé frappé aux petites portes des maisons, portaient son sang à sa tête ; quand, reprenant sa montre, elle y vit minuit, elle la jeta violemment contre la cheminée de fer, où elle se brisa ; des emportemens qu'elle n'avait pas connus se développaient dans son caractère, elle voulait faire un mal physique.

Si nous cherchons pourtant dans son âme le secret d'autres émotions intimes, nous verrons qu'il suffisait d'un retour de Julien pour changer ce malheur en félicité : ainsi, quand Julien rentra enfin, et qu'elle parla de la résolution qu'elle venait de former de se distraire, il la rendit heureuse par les prières pressantes qu'il lui adressa pour rester, et il la paya par une tendresse délicieuse de ce qu'il lui avait fait souffrir.

Les chagrins d'Anna n'échappaient point à cette Irlandaise qu'elle avait prise à son service. Cette femme commença à lui parler sans cesse de l'Irlande, lui vantant ses lacs, ses villes, ses habitans, éveillant la curiosité de l'Indienne, qui eut enfin l'idée d'aller faire une course en Irlande ; elle trouverait là de la sympathie, et soulèverait un moment le poids du caractère anglais. Julien ne consentit qu'à regret à cette course qu'il ne pouvait faire avec elle, puisque le Parlement s'ouvrait. Quand Anna fit préparer son départ, Bess vint tout en pleurs la supplier de laisser Dolly, sa femme-de-chambre anglaise, et de l'emmener. « Elle connaissait, disait-elle, les plus belles parties de l'Irlande, et saurait seule les bien montrer à sa maîtresse. » L'Indienne se laissa convaincre par ses larmes : Dolly servait bien ; mais elle était si froide, qu'Anna retrouvait avec plaisir la vivacité de Bess. Celle-ci se para autant qu'elle put, flattée de suivre sa maîtresse autant qu'heureuse de retourner dans sa patrie.

CHAPITRE XXIII.

Julien devait conduire Anna à moitié route et la rejoindre après le Parlement. Le jour du départ fut triste ; on partait pour se séparer bientôt, et cette séparation, c'était Anna qui l'avait choisie ; Julien s'en montrait douloureusement blessé. Le ciel de Londres s'était rabaissé ce jour-là à deux pieds au-dessus de la tête, enveloppant l'homme de nuages froids et grisâtres ; comment les impressions ne s'empreindraient-elles pas d'une pareille atmosphère ? Si l'on vivait dans une caverne humide et sombre, pourrait-on conserver la gaîté ? Il y avait pour l'Indienne un mal physique à habiter l'Angleterre, un mal nerveux ; tôt ou tard il fallait rompre avec le pays.

Julien la conduisit jusqu'à la première ville ; Anna aurait aimé à voyager avec lui, à voir son pays ; mais c'était toujours les mêmes villes, une civilisation industrielle, prosaïque et monotone, de petites maisons, quelque chose d'étroit et de mesquin, rien des inspirations d'une nature riche et d'un ciel vaste. Arrivés tard à *** Anna, fatiguée du voyage et déjà malade, envoya chercher un médecin ; on lui ordonna le repos : il fallait s'arrêter plusieurs jours. Cependant le Parlement s'ouvrait. Julien, dès qu'il fut rassuré sur la santé d'Anna, montra l'inquiétude d'être absent de Londres ; Anna allait mieux, elle le pressa de partir ; le départ fut fixé pour minuit : mais à cette heure, quand Julien lui fit ses adieux, elle devint si souffrante, qu'il fut contraint de rester ; il passa une partie de la nuit à la veiller, assis au pied de son lit ; mais Anna, qui ne le voyait pas rappelé tout entier, le décida à partir le jour suivant, blessée de son départ. Qu'importait qu'il fût à l'ouverture de la Chambre ? il sacrifiait le bonheur de ce qu'il aimait à ses passions immodérées. Anna se reporta vers les Indes, qu'elle avait abandonnées imprudemment, ainsi que sa famille et ses amis, trop mal payée aujourd'hui de ces sacrifices que l'homme demande et apprécie dans un moment de délire, mais qu'il n'admire plus dès qu'il s'en voit gêné le moins du monde dans son ambition ou sa liberté. La connaissance du cœur des hommes ramène au mariage tel que les nations l'ont compris, une institution avouée et sociale, où, dans les inégalités du cœur, l'homme et la femme trouvent les occupations du monde. L'Indienne portait seule le poids d'une position non encore établie ; et, après la pastorale de leurs premières amours, elle restait seule, couronnée de roses, dans la cabane. Tout en souffrant de la conduite de Julien, elle ne lui adressait pas de sévères reproches ; il l'aimait encore, il ne devait pas trahir ses sermens ; sa conduite, si elle n'était pas poétique, était honorable ; il suivait sa destinée d'Anglais. Pourquoi l'Indienne n'avait-elle pas su prévoir ce qui arrivait ? Pourquoi n'avait-elle pas su résister ? Eût-elle été plus heureuse en restant avec M. Berks ? Julien ne compensait-il pas l'ennui par des jours heureux ? L'avenir ne serait-il pas meilleur ? Les difficultés sont dans les choses humaines ; on doit s'y attendre et s'y résigner ; il faut seulement conserver sa conscience pure ; et, bien qu'Anna eût manqué à la société, elle l'avait fait sans remords et par des raisons qui l'excusaient. Ces idées l'occupèrent durant trois jours qu'elle resta à *** pour y rétablir sa santé : ce qu'elle pensait était sage ; mais c'était le désenchantement de l'amour, l'aveu qu'il n'existe que par éclair. Le troisième jour, elle était bien ; elle se décida à partir le lendemain. Le soir, le valet-de-chambre de Julien, John, arriva de la part de son maître inquiet, qui l'envoyait pour accompagner sa maîtresse ; il n'apportait pas de lettre, mais il en annonçait une pour le lendemain. L'Indienne s'informa des détails du retour de Julien à Londres, et elle se coucha contente, car l'inquiétude de Julien annonçait un peu d'amour.

Le lendemain matin on partit. On n'avait pas fait plus de deux milles quand une voiture de poste rejoignit celle d'Anna au grand galop. Mettant la tête à la portière, quel fut son saisissement en voyant Julien ! Elle fit arrêter ; il se jeta hors de sa voiture, vint vers l'Indienne, monta près d'elle, dans un ravissement, dans un bonheur de la revoir, inexprimable. Sa passion, portée au comble par l'inquiétude et l'absence, était plus grande peut-être qu'elle n'avait jamais été ; il ne pouvait que presser Anna sur son cœur en répétant, dans une touchante ivresse :

« Que je t'aime, que je t'aime ! »

Quelque chose de triste, de douloureux, se mêlait à son amour, qu'il exprimait avec une simplicité et un charme de jeunesse impossible à décrire. Quand il put parler, il lui dit :

« À peine je vous eus quittée qu'une inquiétude affreuse, sur votre santé et votre isolement, m'a pris. J'étais si troublé en arrivant à Londres, que je crus perdre la tête, et que je fus au moment d'avertir John de m'arrêter s'il me voyait commettre quelque acte de démence. La nuit, je ne pus dormir, et, au point du jour, j'ordonnai à John de courir après vous, puis, je le rappelai, lui disant que j'allais partir moi-même et qu'il me suivrait. Une heure après je lui fis prendre les devants, lui défendant de vous avertir pour ne pas vous agiter. Il m'attendait à ****, où je suis arrivé ce matin, impatient de vous voir, mais préférant vous rejoindre à vous retarder. » Que l'Indienne était heureuse ! qu'elle fut tendre avec son amant !

« Que tu m'as bien reçu ! lui disait Julien ; que tu es passionnée ! que je suis reconnaissant ! »

Heureux jours, heureux instants où l'homme et la femme s'entendent dans une mélancolique et délicieuse union, vers laquelle ils ne se reportent ensuite qu'avec d'éternels regrets ! Celui qui les décrit trouve à leur souvenir plus de larmes que d'éloquence, et la parole des hommes n'a pas reçu le don de peindre les plus intimes émotions de l'âme. À la prochaine ville, Julien et l'Indienne s'arrêtèrent ; ils restèrent là deux jours dans le ravissement, dépassant tous les autres d'un amour ancien réveillé, riche à la fois de souvenirs et de fraîcheur. Mais le Parlement rappelait Julien, il fallait se séparer ; il fut convenu qu'on monterait en même temps en voiture pour prendre, l'un au midi, l'autre au nord ; au moment de ce départ, Julien, sans pouvoir se vaincre, monta dans la voiture d'Anna, voyageant tout le jour avec elle vers l'Irlande. Le soir, à l'auberge, il ne put la quitter ; il resta encore le lendemain.

L'INDIENNE.

Les détails de la vie avaient repris leur charme : rester ensemble, causer, écrire, lire un même livre, vivre dans le même appartement ; chaque détail, chaque moment les charmaient ; l'Indienne se complaisait dans le temps qu'elle eût voulu arrêter. Le jour du départ, Julien, faible comme une femme, pressait l'Indienne sur son cœur sans pouvoir partir ; il lui demandait si elle lui serait fidèle en Irlande, montrant des craintes nouvelles et chimériques. Il resta longtemps à ses pieds ; il gardait sa main dans les siennes ; tout était prêt pour son départ, il ne l'était pas. Si l'Indienne souriait tendrement de sa lenteur, il s'en offensait, disant qu'elle n'aimait pas ; il était irritable et souffrant comme au jour où, dans les Indes, il avait vu sortir Anna d'un salon avec M. Berks. La jalousie, l'effroi, l'idée de l'inconstance et de la mort, toutes les impressions passionnées l'agitaient ; l'Indienne, par sa profonde tendresse, lui rendit la confiance ; et au moment où Julien allait sortir, elle lui dit :

« Plus d'Irlande, je retourne à Londres avec vous : ce supplice est trop long. »

Julien l'emmena, fier comme s'il l'eût vaincue pour la première fois, et animant leur voyage des torrens d'une gaîté aussi vive qu'inattendue.

CHAPITRE XXIV.

Le Parlement était réuni depuis plusieurs jours, et la Chambre des Communes commença à discuter le bill de réforme en présence d'une nation impatiente, qui eût voulu supprimer les débats. Julien fit partie de cette minorité savante qui, défendant le terrain pied à pied, remporta la victoire sur des points essentiels. Bien que l'éloquence fût moins facile dans son parti que dans le champ populaire où les passions s'émeuvent si promptement, cependant il parla avec tant de chaleur et de modération, il atteignit si justement à l'ancienne et vraie grandeur de l'Angleterre, que la Chambre entière l'applaudit plusieurs fois. Sa réputation s'établissait isolément, en dehors des partis ; c'est ce qu'il avait rêvé, ce qu'il avait souhaité ; jamais la carrière politique ne s'était offerte à lui avec tant de charme. Ayant étudié le bill, connaissant les détails, et préparé sur tout, il attendait avec curiosité et respect les lumières des hommes capables, ce qui donnait pour lui aux débats le plus grand intérêt ; d'ailleurs, tout lui servait de leçons, les bons comme les mauvais orateurs ; il aimait, si l'on peut dire, l'atmosphère de la Chambre où se trouvait l'action dans son développement le plus relevé.

« L'opposition anglaise, disait-il à l'Indienne, n'a pas moins servi jusqu'ici de moyens à l'ambition que de préservatifs à nos institutions ; on faisait de l'opposition pour se faire craindre et s'avancer ; un jeune membre attaquait le ministère, afin de s'en faire distinguer. Si quelques hommes, comme M. Canning et M. Peel, s'attachèrent au pouvoir dès leur début, il était plus facile de briller en attaquant le gouvernement qu'en le soutenant, car on n'est pas toujours dans son secret quand on le soutient, et l'on peut toujours entrer dans celui de l'opposition, qui pense, travaille, attaque à visage découvert. Une sorte de mauvaise foi ici est donc admise ; une sorte de comédie se joue à la Chambre entre les indignations et les ressentimens affectés : l'union de Fox avec lord North rappela plaisamment à la mémoire des hommes les injures dont Fox avait accablé ce ministre ; on ne peut qu'en admirer davantage le résultat d'institutions qui tournent à leur profit jusqu'aux défauts des hommes. Mais aujourd'hui où les institutions même qui nous permettaient ce jeu, sont attaquées, il faut de la vérité. Il ne s'agit pas de plus ou moins d'avantages pour le pays, d'une mesure partielle qui laisse l'ensemble intact ; chaque homme est comptable pour le plus ou moins d'impulsion qu'il va donner à la grande œuvre. »

Il n'est pas sûr que les membres de la Chambre eussent tous le désintéressement de Julien. Ce n'était pas M. Macaulay avec sa dangereuse éloquence, qui oubliait sa popularité. On disait que sir Robert Peel eût vu avec plaisir le moyen de se rallier à un bill plus modéré, afin de rentrer aux affaires, où le rappelaient ses talens. La raison tiendrait l'homme en suspens, l'intérêt le détermine et fait marcher le monde, élément de l'action dont le législateur doit se servir autant que de la générosité, qui est plus vivante qu'on ne croit à côté de l'intérêt même M. Macaulay se faisait remarquer, car il annonçait de l'ambition et du talent ; s'étant distingué autrefois par des articles dans les Revues, il était arrivé par un bourg à la Chambre, où son éloquence pompeuse n'était pas lourde à cause de la rapidité de sa manière, laissant d'ailleurs dans son éclat peu de chose après elle.

Sir R. Peel menait l'opposition comme lord Althorp dirigeait la Chambre, tous deux très-différens sous plusieurs rapports : l'un fils d'un négociant, ayant au-dessus de tous les autres les manières d'un homme qui a étudié son rôle et qui a eu de grandes places ; lord Althorp, fils d'un des plus grands lords de l'Angleterre (lord Spencer) et destiné à une des plus anciennes pairies, simple dans sa mise et ses manières, ayant l'air d'un riche fermier ou d'un marchand de drap.

L'INDIENNE.

Aucun des deux n'avait la chaleur et l'entraînement, quoique chacun menât bien son parti : sir R. Peel était remarquable pour le tact et le savoir, ne disant jamais que ce qu'il fallait dire et s'élevant quelquefois jusqu'à l'éloquence ; si la Chambre était en doute, un mot de lui la guidait et la décidait, et souvent, quand un discours avait eu beaucoup de succès, sir R. Peel, par sa manière froide, digne et raisonnée, en détruisait l'effet sans effort apparent, rendant l'orateur ridicule à ses propres yeux ; sa faute dans ces sortes de cas était de diminuer son empire par trop de détails, ce qui le fit accuser par ses antagonistes de parler en plaideur. On ne pouvait pas dire que lord Althorp fût éloquent, son organe était lourd, sa diction difficile, sa manière sans force ; ce sont d'autres qualités qu'il faut au *leader* (conducteur) de la Chambre des communes ; mais son caractère d'honneur, sa bonne foi et l'on peut dire une certaine adresse qui réussit par l'apparence de l'honnêteté, faisaient dire que le bill réussirait dans ses mains, tandis qu'il se fût perdu dans celles de M. Brougham. Il était bien secondé par M. Stanley, petit-fils de lord Derby, d'une des plus grandes familles de l'Angleterre, dont le jeune talent était fait pour les débats parlementaires, puisqu'il improvisait vite et à propos, manquant d'ailleurs d'âme et de grandeur, et portant dans ses manières un dédain qui déplaisait généralement. M. Stanley, comme lord Althorp, faisait partie du ministère, où l'on reconnaissait du talent mais peu d'habitude des affaires. Le premier ministre, lord Grey, plein d'une hauteur aristocratique qui eût fait d'abord croire sa famille moins nouvelle qu'elle ne l'est réellement, avait dit ces mots célèbres, *qu'il périrait avec son ordre* ; il soutenait sa dignité dans le Parlement avec plus de distinction et de grâce que de force. Lord Brougham, chancelier, se préparait peut-être à dominer un jour le ministère et le conseil. Instruit dans tout plutôt que profond dans la loi, où il a fait sa fortune, M. Brougham avait soutenu durant toute sa vie l'opposition dans la Chambre des communes, glorieux d'entrer enfin au ministère et sentant son triomphe en jeune homme.

CHAPITRE XXV.

Le ministère et son parti tenaient au bill plus comme à un moyen que par conviction ; ces membres des communes, si dévoués à la réforme, ne cherchaient au fond qu'à s'attirer l'estime et les voix populaires. M. Bolton se plaignait à Julien de la dépendance où le tenait sa ville, et de l'insolence de cette ville avec lui. C'était l'usage que les électeurs chargeassent leur député de beaucoup d'affaires ; mais M. Bolton en était accablé : chaque jour de nouvelles commissions, de nouvelles demandes, des adresses aux ministres, des pétitions à la Chambre ; M. Bolton avait à peine le temps de répondre à tout, de voir les ministres, de faire les commissions, de présenter les pétitions. Sa fortune passait en présens et en aumônes à tous les arrivans plus ou moins besogneux de sa ville ; il donnait pour le voyage, pour le séjour à Londres : ce fut au point qu'un jour un électeur lui recommanda sa femme et ses enfans qu'il envoyait voir Londres, priant son représentant de promener la mère et la famille.

« Vous sentez bien que c'est trop fort, disait M. Bolton à Julien ; j'aime le peuple et la réforme, mais promener la femme et les enfans de cet électeur, c'est impossible ; il dispose pourtant de plus de cent voix, il faut que je le ménage, je chercherai à le ménager. »

CHAPITRE XXVI.

Quand on s'accoutuma aux débats sur la réforme et que l'aridité ou la longueur de certaines questions éloignèrent l'attention, Anna eût voulu retrouver Julien ; mais une fois engagé dans ces affaires, il ne savait plus revenir ; le séjour de Londres était funeste à son amour, il ne savait aimer qu'hors de la ville.

Alors arriva entre eux ce qui se passe entre les amans unis depuis long-temps : la femme aimant trop se vit reprocher une tendresse à laquelle l'homme eût préféré une affection plus froide et plus commode ; jadis il avait dit : *Voudrais-tu vivre avec moi, savoir que je t'aime et n'entendre rien que cela ? Voudrais-tu te charger du poids de mon sort et sentir que ma vie entière est renfermée dans ton sein ?* Aujourd'hui il disait : « Il faut me laisser libre pour les affaires ; je vous aime toujours, mais les affections calmes rendent seules heureux. »

C'est ici que la femme sensible se trompe ; elle croit l'homme détaché, le lui reproche, s'afflige, s'indigne, s'éloigne, et, selon les mœurs des villes, elle est entourée, entend d'autres soupirs, s'attendrit ailleurs, et quand l'homme qu'elle aimait revient la chercher, ramené par l'amour, il trouve la froideur qu'il avait montrée, froideur cette fois sans retour. Ainsi se perdent la foi et la beauté de l'amour ; il faut que la femme résignée cède à la destinée de l'homme ; que, comptant sur lui, elle sache l'attendre, conservant à ce prix l'élévation du cœur. À ce moment d'épreuve la première idée d'Anna fut de retourner dans les Indes, à Calcutta, chez ses tantes, où elle vivrait sans amour, mais dans les plaisirs et dans l'indolence ; et cette fois, quand elle laissa voir son idée à Julien, il la combattit sans y croire, mais il ne prit plus l'Indienne par les deux mains pour la jeter violemment sur un canapé ; elle cherchait des scènes sans en pouvoir amener, taquine et calmée seulement par l'impatience de Julien. Au lieu de la distraire par des soins, il cherchait à la ranimer par des questions publiques où il s'exerçait en causant avec elle.

« Vous parlez toujours des Indes, lui disait-il, semblant croire que nous ne possédons pas d'autres pays ; mais nous possédons des établissemens sur tous les points du globe, des colonies nombreuses : nous avons au nord de l'Amérique une vaste contrée où règnent nos institutions, nos habitudes, le génie de l'Angleterre, et qui ne se développera pas moins puissante un jour que les États-Unis. Nous possédons le cap de Bonne-Espérance, que vous avez doublé ; la pointe méridionale de l'Afrique, et ces terres étendues où notre langue et nos mœurs se trouvent encore. Vous avez entendu parler à Bombay de ce continent aussi grand que l'Europe, où nous nous rendons par le même chemin qui nous conduit chez vous : encore inconnu dans son étendue, borné, à l'entour, de montagnes qui, rejetant à l'intérieur le cours de ses eaux, font qu'une partie des terres se change en marécages, il est pourtant fertile, d'un air pur et excellent, d'une végétation agréable : nous envoyons là le rebut de notre société, nos malfaiteurs, nos criminels, qui, s'ils inquiètent la colonie et nous forcent à la tenir sur un pied moins libre qu'elle ne voudrait, lui prêtent aussi le service de leurs bras, retrouvant au désert quelque chose de leur calme primitif. L'Atlantique, l'Océan Pacifique, la Méditerranée, les mers des Antilles, d'Espagne, d'Italie, de Grèce et d'Ionie, subissent notre domination ; nos armes séjournent partout, protégeant le paisible empire de nos lois, et cette civilisation plus forte que poétique que nous répandons dans les deux hémisphères.

CHAPITRE XXVII.

L'imagination de l'Indienne se laissa prendre un moment à ces détails ; mais elle versa des pleurs amers quand Julien sortit. Appuyée sur la fenêtre, elle le regardait marcher légèrement au loin dans la rue, lorsque Bess, sa servante irlandaise, vint l'interrompre en lui faisant un signe et lui disant tout bas qu'elle avait à lui apprendre un grand mystère.

« Quel mystère ? dit Anna ; parlez. »

Mais l'Irlandaise lui fit signe de parler bas, et courut fermer soigneusement la porte du salon.

« Madame, Madame, dit-elle en revenant vers sa maîtresse, si vous saviez ! si vous aviez pu savoir !

— Qu'est-ce que c'est ?

— Ces femmes anglaises ! c'est d'une hypocrisie ! d'une fausseté ! Cette Dolly, qui tient toujours les yeux baissés !

— Hé bien ?

— Hé bien, Madame, Dolly a subi autrefois un procès criminel, d'où elle n'est sortie que par l'indulgence du jury !

— Un procès criminel !

— Oui, madame, un procès criminel ; cette fille qui fait la prude et l'insolente…

— Quel crime… ?

— Un crime atroce, interrompit Bess, pour lequel il ne serait pas de trop grands supplices : Dolly, séduite et devenue mère, a tué son enfant !

— Tué son enfant ! répéta l'Indienne.

— La scélérate, elle a tué son enfant ; on savait que c'était vrai, le jury l'a acquittée ; moi je ne veux plus servir avec elle, je suis trop lasse de ce peuple hautain et fourbe. Dolly, qui veut m'éloigner de Madame parce que je n'ai pas des manières assez respectueuses et décentes, qui gronde si un homme vient me voir à la cuisine, qui réprimande durement sa jeune sœur pour la moindre faute, qui parle avec mépris des Irlandaises, Dolly a paru au tribunal criminel chargée d'une double honte, acquittée par pitié, mais rejetée de Dieu.

— Ah ! ah ! dit Anna, Dieu moins indulgent que le jury !

— Notre Dieu catholique n'est pas comme le vôtre, Madame ; il pardonne bien des choses que les Anglais défendent, mais il punirait…

— D'où avez-vous su ces détails ?

— D'une femme qui a été témoin dans le procès ; elle m'a conté cela tout-à-l'heure ; je suis venue vite avertir Madame ; je ne voulais pas faire du tort à Dolly ; mais je voyais bien que Madame ne pouvait pas décemment la garder à son service. La femme qui m'a instruite est depuis long-temps au service de madame Surrey, que servait aussi Dolly. Madame Surrey, s'apercevant de la grossesse de Dolly,

L'INDIENNE.

la chassa ; car madame Surrey est une rigide écossaise, quoiqu'elle ait aussi bien fait des siennes. Dolly, désespérée et sans ressources, se cacha, accoucha seule, s'entretenant avec le peu qu'elle avait épargné de ses gages ; et portant le lendemain soir son enfant au bord de la Tamise, elle l'y jeta vivant. L'enfant fut retrouvé plus tard : Dolly avait été vue et suivie par un homme ; on fit le procès ; elle dit qu'elle avait jeté l'enfant mort ; elle fut acquittée là-dessus ; mais l'enfant était vivant, l'homme qui observait Dolly a dit qu'il avait entendu ses cris : voilà l'histoire. Dolly n'osa pas reparaître tout de suite ; mais, comme vous étiez étrangère, elle ne craignit pas d'entrer plus tard chez vous. »

À ces mots, on entendit du bruit à la porte du salon ; Bess se tut : c'était Dolly, qui entra, et, remettant à sa maîtresse un billet que Julien venait d'envoyer de la Chambre des communes, lui demanda si elle voulait faire tout de suite sa toilette pour sortir. Anna répondit que non, qu'elle s'habillerait plus tard, voyant Dolly avec une répugnance involontaire. Quand elle fut sortie :

— Qui devinerait, dit Bess tout bas, en voyant sa belle robe, son air de dame, qu'elle est une criminelle qui ne mérite rien moins que la mort ou la déportation… ? »

Pendant ce temps l'Indienne lisait. Julien disait qu'il ne reviendrait pas pour dîner ; qu'il allait accompagner M. Surrey à la campagne, d'où il reviendrait vers dix heures du soir. Anna fit un mouvement d'impatience ; mais, rappelée par la tragique histoire : « Que ferai-je au sujet de cette fille ? pensa-t-elle ; sa présence me devient désagréable ; j'en ai pitié, mais je ne peux plus l'avoir autour de moi.

— Êtes-vous bien sûre, demanda-t-elle à Bess, de la vérité de ce fait ?

— Madame peut le faire demander à Jenny, femme-de-chambre de madame Surrey, qui le dira avec réserve, mais qui le dira comme elle me l'a raconté tout-à-l'heure. Cette histoire étonne Madame, mais ce n'est pas très-rare en Angleterre ; c'est là la vertu des servantes anglaises, qui nous accusent de manquer dans les soins du ménage et dans la propreté ; que nous ne changerions pas nos fautes pour les leurs ! J'ai bien vu que Madame ne pouvait plus regarder Dolly ; j'en étais sûre. Madame a dit : « Allez, je m'habillerai plus tard ; » j'ai bien compris : cette affaire fait dresser les cheveux sur la tête. J'en suis fâchée ; je n'aimais pas Dolly, mais je ne lui voulais pas tant de mal. »

L'Indienne renvoya Bess. Cette histoire, le malheur de cette fille, sa misère, la dureté et l'imprudence de Mme Surrey, la rigueur du pays, la remplissaient d'une tristesse qu'augmentait sans doute l'idée de ne pas revoir Julien de la journée ; le temps était sombre, mais elle voulut sortir, et elle sonna Dolly pour l'habiller. Cette fille pouvait avoir trente ans ; elle était grande, sèche, pas jolie, mais distinguée, avec des manières décentes et agréables, remplissant exactement les devoirs de sa place ; sévère avec les hommes, elle eût donné l'idée d'une vertu parfaite. L'Indienne la regardait avec curiosité, cherchant dans sa maigreur la trace, peut-être, de ses chagrins passés ; bien qu'elle voulût que le récit de Bess lui fût confirmé, elle y croyait ; et quand Dolly lui demanda respectueusement si elle devait la suivre dans sa promenade, Anna lui dit que non et qu'elle prendrait Bess. Suivie de celle-ci, elle chercha des arbres dans les champs où l'on n'a pas encore bâti, qui s'étendent derrière Grosvenor-square jusqu'à la Tamise. En arrivant là le jour était si triste que l'Indienne fut au moment de retourner dans la ville ; car les rues, animées par le monde, et sans espace, semblent moins sombres que les champs effacés au loin par le brouillard, et respirant le silence et l'immobilité de ce climat déplorable. Anna marcha jusque sur les bords de la Tamise ; un chemin qui la côtoie offre une agréable promenade ; la marée montait rapidement à ce moment ; la rivière, dégarnie des deux côtés et chargée de limon, se remplissait insensiblement ; des bateaux se détachaient les uns après les autres pour se servir du nouveau courant, et des barques légères se dispersaient pour la promenade sur la Tamise. Quand la marée eut fini son mouvement, les eaux restèrent stationnaires quelque temps ; cette grande masse ne pouvait changer de cours en un moment ; bientôt un mouvement de retour se détermina ; d'autres bateaux arrivèrent dans une autre direction, un mouvement encore plus animé commença sur la rivière ; on voyait à tout moment passer de forts bateaux chargés pour Londres, les uns plats, les autres aux voiles déployées, et semblant s'enfoncer sous leur poids. Si le soleil eût brillé sur ces eaux profondes, sur ce paysage agréable, sur ce mouvement des navigateurs, la nature eût pris un autre aspect ; mais les eaux étaient noires, le ciel abaissé ; les navires semblaient glisser entre deux brouillards, au-dessus et au-dessous.

« Ce devait être dans un endroit comme celui-ci, dit Bess, que Dolly, le soir, jeta son enfant. Voyez, Madame, ces jeunes chiens morts que l'eau apporte à nos pieds, son enfant dut être ainsi poussé ; pauvre fille ! elle aura beaucoup souffert ! Sur mon âme, je regrette presque d'avoir parlé de tout cela à Madame. »

Le souvenir de Dolly, se joignant à la tristesse du jour, fit que l'Indienne, ne pouvant plus supporter la nature, partit pour retourner chez elle. Une barque abordait à ce moment au rivage : Anna en vit sortir madame et mademoiselle Bolton avec leur famille en deuil. Ne sachant qui des leurs était mort, elle s'avança vers madame Bolton, qui lui conta qu'elle venait de perdre un frère qu'elle avait beaucoup aimé.

« Il est mort sans que je l'aie vu, dit-elle ; je reviens à l'instant avec mes enfans de son tombeau élevé à la campagne ; sa femme nous avait séparés, elle aimait à vivre seule en famille ; je n'allais jamais chez mon frère sans être invitée. Ne recevant point d'invitation de ma belle-sœur, je croyais qu'il allait mieux, quand j'ai appris sa mort. Je sais qu'il m'a demandée plusieurs fois ; mais sa femme et ses enfans l'entouraient. Je regretterai toute ma vie de ne lui avoir pas rendu de derniers soins.

— Il faut bien vous consoler, lui dit tranquillement mademoiselle Bolton, puisque la chose est sans remède. »

L'Indienne les quitta ; ce pays lui semblait singulier ; tout s'y ressentait d'un soleil sans chaleur.

Julien rentra tard.

« J'ai été retenu, dit-il, par M. Surrey, que j'ai aidé dans des travaux pour sa ville qui m'intéressaient ; je l'ai conduit à la campagne, où il va fuir les ennuis d'un accouchement ; car sa femme a eu hier un second enfant.

— Il la quitte à ce moment ! dit Anna étonnée ? »

— Oui ; il reviendra dans quinze jours, quand elle sera rétablie et que l'enfant aura été emmené par sa nourrice ; c'est un homme qui n'aime pas le bruit et qui a besoin du repos pour travailler.

— Ce qu'il fait est si remarquable, il a tant de talent, que sans doute il faut le féliciter de son égoïsme ?

— Oui, égoïsme en effet, dit Julien ; je ne l'approuve pas ; » et il chercha une plume pour prendre des notes sur le travail qu'il avait fait le matin.

L'Indienne étouffait du besoin de répandre son âme et de parler. Quel pays ! L'une tuait son enfant, l'autre perdait son frère sans pouvoir l'approcher ; une vieille fille se consolait de tout ; celui-là fuyait sa femme en couches ; celui-ci rentrait chez lui pour écrire ! Ce peuple n'entendait rien aux émotions de l'âme, aux vraies joies de la vie ; il était fait pour le travail et l'argent : une politique savante, mais glacée ; des intérêts bien entendus, mais matériels, achevaient la perte de ce côté faible du caractère anglais. Indostan ! terre de flamme et d'imagination, religion riante et magnifique, auguste plaine où s'est instruit le genre humain, pouviez-vous être remplacés par l'Angleterre, par la foi protestante, par des champs sans lumière ? Anna rêvait de l'Inde, et un enchantement nouveau la rattachait à sa patrie.

CHAPITRE XXVIII.

L'Indienne rapporta le récit de Bess à Julien, qui, prenant des informations exactes, apprit que l'histoire de Dolly était vraie. Anna ne savait que faire, étant contente du service de cette fille, ayant pitié d'elle, mais portée, en la voyant, à des idées qui rendaient sa vie encore plus triste. Soit que Bess eût dit quelques mots qui éclairèrent Dolly, soit le changement de sa maîtresse, Dolly parut triste ; ses yeux montrèrent qu'elle avait pleuré ; Anna s'en affligea, et Bess elle-même vint la prier d'oublier cette histoire et de garder Dolly à son service ; car ses impressions de haine et de pitié étaient également vives. L'Indienne, troublée, pensait à demander à Dolly son secret, quoique repoussée par la froideur, lorsque cette fille entra chez elle d'un air respectueux, sans être appelée, et lui dit qu'une famille russe arrivée de France, et qui allait repartir pour la Russie, cherchait une femme de charge pour l'emmener. Dolly avait été avertie par une de ses amies. Si madame Warwick voulait la garder, elle ne désirait nulle autre place ; mais si Madame avait de nouvelles intentions, elle la priait de l'en avertir. Anna dit qu'elle prendrait des informations sur cette place ; Dolly répondit d'un ton soumis, mais ferme, que les informations étaient favorables, et qu'elle en était sûre. L'Indienne s'en convainquit en effet : la place était bonne ; Dolly devait avoir peu de rapports avec les maîtres. On ne prit pas d'informations près d'Anna, qui laissa partir Dolly en lui faisant les présens qu'avait mérités son service exact, et en lui disant de la rechercher si elle se trouvait jamais dans l'embarras.

Cet incident ne fit que rendre plus complet, pour l'Indienne, un ennui qui revint avec des nuances nouvelles ; car l'ennui, avec un fonds semblable, a sa variété : elle eut des vertiges ; elle se crut malade ; elle n'osait plus sortir dans la rue, craignant de tomber étourdie ; elle se retraçait les maux, les maladies du genre humain ; les secrets de la nature, l'idée de la vie, de la mort, commencèrent à lui causer de la terreur ; elle s'éveillait quelquefois au milieu de la nuit dans d'étranges impressions, frappée de ce sort épouvantable d'une espèce qui ne sait d'où elle vient, où elle va, qui n'a prise sur rien, dont l'individualité n'est que d'un jour, qui n'est pas plus maîtresse d'elle-même que de l'air qu'elle respire sans l'apercevoir, et dont la création seule est un supplice inconcevable si elle y pense.

CHAPITRE XXIX.

Ces idées étaient si bien le fruit d'une imagination exaltée et malade, qu'il suffisait d'un événement nouveau pour leur donner le change. Ainsi, une visite de lady Hampshire changea la disposition de l'Indienne. Le marquis de Chandos avait fait passer l'amendement qui donnait le droit de voter aux fermiers ayant des baux de sept ans de 50 livres par an. Lady Hampshire, de retour à Londres pour le couronnement du Roi, vint chanter victoire chez Anna ; elle donnait le jour même un dîner au marquis ; elle avait invité Julien à s'y trouver.

« Vous semblez triste, dit-elle à l'Indienne ; pauvre enfant ! si vous saviez le sort de ma fille Juliette depuis son mariage ! Son mari part de grand matin pour la chasse ; il revient pour dîner ; et le soir, fatigué, il s'endort sur un canapé. Juliette ne se plaint pas : après avoir pleuré un peu les premiers jours, elle s'est consolée. Il faut vous soumettre. Mais je retourne demain à la campagne ; venez avec moi, nous vous distrairons ; il y a long-temps que je veux vous montrer mon parc ; ne me refusez pas. »

Julien se joignit à lady Hampshire pour engager Anna à aller à la campagne avec elle. Anna, acceptant donc, partit le lendemain matin.

Le mouvement d'un voyage, quoique court, l'aspect des champs, un faible rayon de soleil qui dora un moment sa route, suffirent pour ranimer l'imagination de l'Indienne, aussi prompte à s'éveiller qu'à s'abattre. La famille de lady Hampshire était réunie chez elle ; la réunion n'était pas gaie, mais douce : Juliette semblait occupée de son mari en femme blessée qui se résigne à son sort et n'en jouit plus ; peut-être elle eût voulu imiter sa mère, montrer quelque autorité ; mais son mari, formé à l'ancienne école, voulait la tenir dans la soumission. L'Indienne fut l'objet d'une grande attention : les hommes la trouvèrent d'une beauté admirable, sans lui rien reprocher ; les femmes trouvèrent trop d'abandon dans son air ; sa démarche leur parut trop molle, et son teint trop brun. Elle se levait tard ; elle restait la moitié du jour sur un canapé à lire des romans ou rêver, sans aimer la promenade, sans faire de broderie, sans s'occuper du tout, indolente comme on est dans son pays. Les jeunes filles du château et leurs institutrices blâmaient cette oisiveté que lady Hampshire trouvait gracieuse. Le plus souvent l'Indienne, en lisant ses romans, pensait à Julien, mais mécontente comme Juliette, et n'aimant en rien ce pays, qu'elle regrettait presque d'avoir connu. Si la race anglaise ne lui avait jamais plu dans les Indes, du moins là elle la voyait mêlée avec la race indienne ; elle lui échappait par le soleil ; elle avait le pas sur elle par sa richesse, par l'adoration des Indiens : à Londres, elle avait tout perdu, et son pays, et ses compatriotes du même teint qu'elle, et ses avantages sur le peuple conquérant, frêle orientale à laquelle une mère infidèle avait transmis la tache ineffaçable des unions étrangères. Si elle se tournait du côté de Julien, elle n'y trouvait nulle consolation : il n'aimait plus ; une passion les séparait ; l'Indienne payait cher quelques jours de bonheur. C'était dans ces mélancoliques pensées qu'elle assistait aux réunions d'Hampshire. Un matin où la famille prenait le thé, Anna, parcourant un journal, lut : « M. Julien Warwick, qui était déjà malade depuis plusieurs jours, s'est trouvé mal hier dans la Chambre ; il a fallu le transporter chez lui. » Le même jour, Anna avait reçu un court billet de Julien, qui ne parlait pas du tout de sa santé. La rapidité du billet l'effraya alors ; en vain lady Hampshire chercha à la rassurer, en lui disant que peut-être le journal s'était trompé, l'Indienne voulut retourner à Londres à l'instant ; elle fit ses adieux à la famille réunie autour d'elle, et partit.

En arrivant à la ville dans sa maison, elle n'y trouva qu'une de ses servantes, qui lui dit que M. Warvvick était à la campagne pour sa santé, mais qu'elle l'attendait à l'instant à Londres.

« Monsieur a été très-malade il y a quelques jours, dit la servante ; on l'a porté à la campagne ; hier il en est revenu pour aller à la Chambre, où il s'est évanoui : ce soir, il va venir ici pour se rendre encore à la Chambre.

— À la Chambre ce soir ! s'écria l'Indienne, quand il est si malade ! Je pars à l'instant pour l'arrêter ; conduisez-moi.

— Monsieur est en route ; il va venir.

— Je l'attendrai donc ici, dit Anna ; mais, dans le cas où il serait retardé à la campagne, prenez une voiture, et allez savoir s'il est parti ; annoncez-lui mon retour : j'irai à l'instant à la campagne, s'il y reste. »

Anna attendit dans la plus douloureuse impatience ; elle attendit une heure sans voir paraître personne. Elle allait partir pour savoir elle-même les motifs de ce retard, quand John, le domestique de Julien, arriva, et lui remit ce billet :

« Comment vous peindre ma reconnaissance pour votre prompt

L'INDIENNE.

retour ? Que j'en suis touché ! Que vous êtes tendre ! Je partais ; mais je change d'idée, et je pense qu'il est plus sage de me rendre directement à la Chambre sans vous voir. Mon agitation serait grande en vous revoyant ; vous voudriez me retenir ; nous aurions des débats quand je vous adore. Je vous verrai au retour ; si vous m'aimez, si vous voulez mon bonheur, si vous songez à mon devoir, soyez généreuse et pardonnez-moi. Croyez que je vous aime plus que jamais ; vous verrez ma tendresse dans tout le cours de notre vie ; mais ce soir je ne puis me dispenser de parler à la Chambre. »

On juge la douleur de l'Indienne ! Elle passa la nuit dans une attente affreuse ; elle ne s'était distraite un moment que pour retrouver les mêmes tourmens ! Rien ne pouvait vaincre cette passion terrible, à laquelle Julien sacrifierait jusqu'à sa vie ! Non, non, ce n'était pas là l'homme qu'elle appelait sous le doux ciel des Indes ; elle pleurait en songeant à sa race avilie et déroutée sous des maîtres de mœurs et de cœurs différens.

Enfin, à six heures du matin, au grand jour, Julien rentra agité, épuisé, n'en pouvant plus ; il fallut le mettre au bain : des excès de travail, depuis le départ d'Anna, avaient détruit sa force ; il avait trop à faire. Jamais on n'avait vu une pareille session : tous les membres des Communes étaient malades ; la Chambre finissait au jour ; fatigués d'être assis, ils s'en allaient à pied marchant au grand air au milieu de la nuit ; les membres écoutaient à peine la discussion, tombant de fatigue et de sommeil sur leur banc. Julien avait voulu réveiller la Chambre ; il l'avait fait, mais au péril de sa vie : deux ou trois fois il voulut conter ce qui s'était passé à l'Indienne qui lui imposait doucement silence, désolée en voyant son changement et cherchant tout ce qui pouvait lui faire du bien. Rien ne rendra la tendresse de cette Indienne pour son amant souffrant ; rien ne peindra sa compassion passionnée et ses soins caressans.

Le lendemain, dès que Julien put parler, il lui conta la séance de la nuit ; il avait bien parlé ; mais après qu'il avait obtenu les applaudissemens de la Chambre, un jeune membre s'était levé disant :

« Je crois comme l'honorable membre qui vient de mériter l'admiration de la Chambre, que le bill de réforme et le gouvernement nous entraînent vers une secousse violente ; mais ces secousses n'ont-elles pas leurs avantages ? ne ravivent-elles pas un pays retardé par des lois dont je ne nie pas la sagesse, mais qui ne conviennent plus au temps ? La société ébranlée dans ses fondemens, ne prend-elle pas un plus grand essor ? un vieux monde s'écroule devant un nouveau ; les mouvemens des peuples ne s'opèrent pas sans froissement. On parle de la France ? Mais il ne faut comparer à la France que la France ; celle avant 89 vaut-elle celle après 89 ? Notre Angleterre actuelle vaudra-t-elle l'Angleterre régénérée ? Une crise est inévitable, acceptons-en la charge et le péril, au lieu de la laisser à nos enfans. »

La Chambre murmura, car le ministère ni son parti n'étaient pas révolutionnaires : mais cette idée Julien l'avait eue ; un doute perpétuel qui tenait soit à son caractère, soit à la difficulté des matières, lui présentait tour à tour les choses opposées ; sa conscience se déterminant pour celles où il voyait le plus de certitude, sans le délivrer toujours d'un doute où l'esprit humain semble fait pour rester.

L'intérêt de la Chambre fut tenu éveillé la nuit suivante par un discours de M. Macaulay qui ranima les débats, et surtout par la réponse qu'y fit M. Croker que le parti tory couvrit d'applaudissemens lorsqu'il dit :

« Ce n'est pas mon humble voix qui a soulevé le présent danger, c'est le noble lord opposé, c'est le vote de la Chambre des communes dans le dernier Parlement, c'est le vote et la voix puissante du Roi. »

Le talent de M. Croker, disait-on, avait été redouté de M. Canning, qui n'avança jamais ce rival. M. Croker était mordant, satirique, n'ayant pas une manière franche, et d'un caractère douteux ; sa gaîté manquait de dignité, et son sérieux était trop tragique ; il ne brilla jamais tant que durant cette nuit et dans ce discours où il avait mis toute sa force.

CHAPITRE XXX.

Julien se ranima par les événemens, qui l'agitaient trop. Le bill, porté à la Chambre des pairs, donnait lieu à des conjectures opposées ; il n'était question dans Londres que de cela. Lord Grey, justifiant l'accusation de M. Croker, menaça les Pairs des excès populaires. Les discussions s'ouvrirent, montrant autant de savoir que d'élégance ; car la Chambre des Pairs, dernière élévation des hommes distingués dans leur carrière, est très lettrée. Lord Brougham y trouva un opposant digne de lui dans lord Lyndurst (M. Coplet), son prédécesseur à la chancellerie. Remarqué au collège et fier républicain, M. Coplet se couchait par terre pour se préparer fortement à la révolution qu'il attendait alors. Rapidement avancé, quoique toujours pauvre, et attorney général, il se distingua dans la Chambre comme opposé à

L'INDIENNE.

l'émancipation catholique et à tout genre de réforme. M. Canning, arrivant au pouvoir, lui offrit la chancellerie, qu'il accepta, et qu'il garda sous le ministère du duc de Wellington. D'autres pairs n'étaient pas moins remarquables : le duc de Richmond, lord Warncliff, lord Lansdown, lord Derby, lord Plunkett, lord Carnavon. Les évêques laissaient voir d'avance qu'ils rejetteraient le bill. Le duc de Wellington conduisait énergiquement son parti ; mais telle était l'incertitude sur les votes, que lord Althorp, donnant un dîner peu de jours avant le vote, annonça à M. Surrey, qui s'y trouvait, que le bill passerait à une faible majorité. Cependant les débats touchaient à leur fin, et l'homme que la nation désirait le plus d'entendre, le seul peut-être de taille aux circonstances, celui que l'impatience nommait chaque jour, n'avait pas parlé : que dirait-il après tout le monde ? qu'avait-il réservé pour le grand moment ? La dernière nuit arrivait : ce fut alors que lord Brougham, se levant tard dans la soirée, commença le fameux discours qui devait laisser loin tout ce qu'on avait dit. Les Communes avaient déserté leur Chambre pour l'entendre ; la haute société de Londres, hommes et femmes, était là : on remarquait la fille charmante de M. Canning, qui, émue au nom de son père prononcé dans la discussion, avait laissé voir ses pleurs. L'attente était digne de l'homme ; le silence, profond. Lord Brougham s'était levé, restant à côté du sac de laine sur lequel il était assis comme lord chancelier : sa haute taille, sa maigreur, sa pâleur, la robe de chancelier qui flottait selon ses mouvemens, son geste, son accent, ajoutèrent à ce cri de démocratie qu'oubliant sa dignité nouvelle, il fit retentir dans la Chambre des pairs étonnée. Tribun des Communes, il traita la pairie d'un ton qui se ressentait déjà du triomphe populaire. Réfutant les lords de l'opposition par les traits d'une moquerie puissante, il employa tour à tour la satire et la raison, fort d'esprit, d'audace, de gaîté, s'élevant à la véritable éloquence parlementaire. Lord Warncliff avait dit que les marchands de Bondstreet étaient opposés au bill : le Chancelier, dans sa gaîté redoutable, s'écria : « À peine mon noble ami avait fait cette déclaration, que voici une pétition des marchands de Bond-street affirmant qu'ils sont pour le bill. Mon noble ami se lève et dit : Oh ! je voulais dire les marchands de James-street. À peine a-t-on entendu cette malheureuse déclaration, que les marchands de James-street envoient une pétition semblable à l'autre. Quelques personnes rencontrent mon noble ami dans Régent-street, et tous les habitans s'enfuient, croyant qu'il cherche des anti-réformistes, et s'inscrivent comme partisans du bill. Où ira-t-il ? dans quelle rue pourra-t-il entrer ? dans quelle allée cherchera-t-il un refuge, depuis que les habitans de chaque rue, de chaque ruelle, de chaque allée, deviennent écrivains et pétitionnaires dès qu'ils le voient parmi eux ? Si mon noble ami va de la terre à l'eau, il trouve la même chose ; s'il entre dans un fiacre, tous les cochers font une pétition pour le bill. Les rues, les rivières, les bateaux, les fiacres, se trouvent interdits à mon noble ami à cause des réformistes qu'ils contiennent. Je pense le rencontrer au sud de Berkeley-square, non loin de la maison Lansdown, errant, isolé, mélancolique ; car là est une rue sans un seul habitant, et ainsi sans un seul réformiste. Si mon noble ami, désolé, va de la ville à la campagne, il sera encore poursuivi par le cri : *Pétition ! pétition ! le bill ! le bill !* Et même, s'il se retire dans son royal domaine, dix mille pétitionnaires de Sheffield se feront entendre.

« Moi, misérable ! par quel chemin fuirai-je une torture et un désespoir infinis ? Partout où je fuis, *réforme*, moi-même *réforme !* » (*Satan*, dans MILION :

« Partout *l'enfer*, moi-même *l'enfer.* »)

En disant que le peuple a demandé la réforme, il veut parler des moyennes classes, les plus nombreuses et par conséquent les plus riches du pays ; car tous les châteaux, manoirs, fonds et biens de Leurs Seigneuries seraient comptés pour peu s'ils étaient mis en concurrence avec les biens de ces classes, dépositaires de la sobriété, de l'intelligence, de l'honnêteté et de tous les sentimens anglais. Quoiqu'elles ne sachent pas manier la satire, elles ont le jugement droit et ennemi du changement, ne se laissant séduire ni par de faux argumens ni par la flatterie, et se souciant aussi peu d'une épigramme que d'une balle de fusil : c'est un peuple grave, raisonneur, qui considère long-temps un sujet avant de prononcer. Quant au bill, on s'est réglé sur la population et la propriété ensemble : pour les comtés, on a pris la propriété ; pour les villes, dix livres de loyer étaient un taux raisonnable. Le Chancelier voudrait baisser le taux dans les petites villes et le hausser dans les grandes ; mais ce sera une discussion du comité. Il s'est opposé au ballot, et quant au prétexte de ne pas toucher la constitution anglaise, Edouard VI, la reine Élizabeth ont ajouté des bourgs : il y en a eu deux cents d'ajoutés jusqu'en 1688, tous pour réformer la représentation, qui doit changer avec les mœurs et les idées, puisqu'aujourd'hui on la recherche, ainsi que le droit électoral, tandis qu'on les fuyait jadis.

Lord Brougham parla cinq heures, toujours avec la même énergie, la même éloquence. Rappelant enfin l'histoire de la Sibylle et de ses livres, il ajouta : « On vous demande aujourd'hui un prix modéré pour la restauration du vieux système représentatif ; si vous le refusez, vous aurez toujours plus à payer jusqu'à ce qu'il faille accorder des parlemens annuels, le vote de millions d'hommes et le scrutin secret. My lords, cette simple et ancienne fable contient une grande leçon morale. Je ne veux pas chercher ici quelles seraient les suites des résultats que j'ai montrés ; je me borne à dire qu'aussi sûrement qu'un homme est homme, le délai de la justice augmente le prix dont on achète l'ordre et la tranquillité publique. Vos Seigneuries sont l'autorité judiciaire la plus haute du royaume ; vous siégez ici comme juges en toutes causes, civiles et criminelles, qui peuvent advenir entre sujet et sujet. Le plus grand devoir des juges est de ne jamais prononcer dans la plus petite cause sans avoir tout entendu ; voulez-vous y manquer ? Voulez-vous décider la plus grande cause, celle des espérances et des craintes d'une nation, sans rien écouter ? Prenez garde à votre décision ! N'éveillez pas l'esprit d'un peuple paisible, mais déterminé ; ne détournez pas de votre corps les affections d'un grand empire. Comme votre ami, comme l'ami de mon pays, comme le serviteur de mon souverain, je vous conseille d'employer vos efforts à entretenir la tranquillité et la prospérité nationales. Pour toutes ces raisons, je vous prie et vous conjure de ne pas rejeter ce bill ; j'en appelle à vous par tout ce que vous avez de plus cher, par tout ce qui lie chacun de vous à notre pays et à notre ordre commun (à moins que vous ne soyez résolus contre tout changement, car alors votre refus sera conséquent), je vous supplie, je vous adjure solennellement, je vous implore à genoux, Mylords (pliant légèrement son genou sur le sac de laine), pour que vous ne rejetiez pas le bill. »

Ce discours, suivi de glorieux applaudissemens, laissa une longue agitation dans la Chambre ; plusieurs des pairs, que lord Brougham avait rendus ridicules, étaient pâles et consternés ; d'autres disaient qu'il avait manqué à la dignité des pairs ; tous l'admiraient, encore émus de son discours.

Mais ils surent lui résister avec fermeté. Après qu'il eut parlé, et vers six heures du matin, le bill fut rejeté ; on l'apprit au jour naissant, et quel jour ! Le ciel, chargé de brouillard et de pluie, permettait à peine de lire la séance dans les appartemens ; il semblait qu'une nuit lugubre se fût étendue sur l'Angleterre ; le parti de la réforme y dut voir la sympathie du ciel, et les torys leurs ides de mars. Cependant l'agitation la plus grande s'était répandue dans la ville immense ; les palais, les boutiques éprouvèrent une égale agitation ; les hautes classes s'effrayaient, non sans raison, et les basses, déjà menaçantes, faisaient entendre des paroles atroces, citaient la France, parlaient de 89, et, par un geste énergique de la main portée au cou, parlaient du sort qui attendait les pairs. On dit qu'on avait vu des pairs, dans cette nuit fameuse, rejeter la réforme à la seule idée de ces menaces grossières qui réveillaient leur antique chevalerie. Les membres des Communes, du parti du ministère, se hâtant de se réunir le matin, débattirent sans s'entendre ce qu'ils avaient à faire, chacun proposant une mesure sans savoir où s'arrêter. M. Macaulay y parut sans opiner ; mais la nuit même il prononça un discours de verve, où la beauté des images, la pompe et l'ardeur populaire ravirent les plus froids de la Chambre.

M. Croker et sir Charles Wetherell, qui le combattirent, ne parlèrent de son talent qu'avec l'enchantement du moment : ce qu'il disait était faux pourtant, indigne d'un Anglais dans une telle nuit. Mais l'éloquence a le pouvoir de briller par elle seule : il était touchant de voir les adversaires de M. Macaulay, dès long-temps dans les affaires, rendre un hommage si sincère à sa jeunesse. La motion proposée passa ; la Chambre décida une adresse aux ministres pour les supplier de rester aux affaires. De toute part aussitôt la nation les appuya : ce ne fut que *meetings*, que rencontres, qu'adresses ; le vœu du pays sembla alors unanime ; les paroisses, en procession, se rendaient aux assemblées. On remarquait plaisamment que le duc de Wellington, cette ancienne idole d'un peuple qui s'attelait à sa voiture avec des cris d'amour, avait fait fermer au-dehors ses fenêtres par des planches dès le couronnement du Roi : ainsi préparé aux caprices de la multitude, il ne s'en inquiétait pas autrement, n'opposant à la nouvelle mitraille que ce bois blanc, tandis que d'autres pairs étaient insultés et leurs châteaux livrés aux flammes. Tout-à-coup, dans quelques rues, se fermaient soudainement les boutiques ; les événemens récens de France étaient présens aux esprits ; d'un bout de l'Europe à l'autre, cette France dominait moralement ; et tous les peuples, sur les rivages glacés du Ladoga comme sur les bords du Tibre, répétaient son nom triomphant.

C'était la France qui, dominant alors l'Angleterre, lui faisait oublier la marche ordinaire de ses lois, violer la dignité de ses pairs, la majesté de son histoire, manquer à la convenance publique par l'insolence de ses journaux. Le bill de l'émancipation catholique n'avait-il pas été rejeté plusieurs fois ? Ces rejets, qui préparent l'adoption d'une loi en Angleterre, y amenant le peuple graduellement, sont un des plus heureux effets de la constitution. Si la réforme était d'une importance qui devait altérer la marche naturelle des choses, elle ne

L'INDIENNE.

devait pourtant pas faire violer la loi, ou elle eût été la révolution même.

Les excès n'appartinrent qu'à la populace, et quand, dans une des nombreuses assemblées qui avaient lieu chaque jour, M. Hobhouse, membre des Communes pour Westminster, répéta au peuple : *Patience ! patience ! patience !* et lui adressa ces trois questions : « Avez-vous confiance en votre Roi ? Avez-vous confiance en ses ministres ? Avez-vous confiance dans les réformistes qui ont soutenu votre bataille devant le Parlement ? » des applaudissemens impossibles à décrire prouvèrent que le peuple attendait la réforme des vraies mains qui devaient l'opérer.

CHAPITRE XXXI.

Les événemens rendirent à Julien une force factice qu'il perdit bientôt. Les premiers excès contre les pairs semblaient lui prouver un danger dont il doutait encore ; il voulut un jour écrire sur les événemens, il ne put le faire. obligé par sa santé de laisser son travail, prenant un livre ou s'endormant péniblement sur son canapé. Au milieu de la journée il alla mieux, mais le mauvais temps qui régnait depuis le rejet du bill, lui avait rendu une toux dont son médecin s'inquiétait avec raison. Bien qu'Anna ne s'avouât pas son état, l'effroi donnait à sa passion une chaleur qui réveilla enfin le cœur distrait de Julien. Alors, quittant cette scène politique où il venait de lutter avec persévérance, il rentra vraiment dans sa maison. Madame Bolton vint dîner ce jour-là : au milieu du dîner, Julien se sentit mal à son aise et se retira dans sa chambre ; madame Bolton voulait s'en aller, Anna la retint : en se rendant près de Julien, elle le trouva très-souffrant, faisant entendre des plaintes si touchantes que l'Indienne en fut hors d'elle-même. Madame Bolton vint la rejoindre alors, mais la froideur de cette anglaise impatientait Anna, dont l'âme vibrait aux gémissemens de son amant, et dont la jalousie, quand il était souffrant, ne voulait voir personne autour de lui. Julien remis voulut retourner au salon. Son médecin vint une heure après : c'était un homme célèbre, qui avait su jouer habilement avec cette pharmacie anglaise, qui fournit une médecine pour chaque douleur ; il ordonna à Julien une potion pour la nuit. Anna s'effrayait des remèdes ; M. Cooper, le médecin, la plaisanta sur sa crainte, car c'était un homme gai et fin qui, cherchant le secret des caractères, nécessaire à la médecine, avait compris que quand Julien souffrait, l'Indienne était aussi malade que lui. Il jugea prudent pourtant de ne pas la tenir dans une complète sécurité, et il lui dit tout bas à la porte en sortant :

« Veillez-le, il faudrait le plus profond repos ; qu'il ne sorte pas ; demain je lui donnerai quelque chose pour le fortifier, c'est la force qui lui manque. »

Anna resta triste, les paroles du médecin l'inquiétaient ; cependant quelques mots tendres de Julien qui revenait à la vie avec amour et avec délices changèrent en joie son inquiétude ; elle vit l'avenir sous des couleurs plus favorables. Madame Bolton, qui ne s'était point associée à ses impressions, restait sur le souvenir du malaise de Julien, triste, immobile, et ne parlant que par des hélas ! Les amans, dans leur tendre joie, ne pouvant l'animer, désirèrent de la voir partir, ce qu'elle fit bientôt. Julien seul avec Anna fut retenu par une conversation qui avait retrouvé son charme ; elle le pressa de se reposer. Levée avant le jour dès le lendemain, elle vint à sa porte où elle l'entendit se plaindre ; car sa délicatesse lui ravissait le courage mâle qu'il retrouvait dans des occasions plus fortes. Elle entra doucement, l'interrogeant sur sa santé : il répondit avec calme ; mais des défaillances subites, le manque de force où rien ne remédiait, commencèrent à l'inquiéter. Le médecin lui ordonna une potion pour le fortifier : Julien avait de la répugnance pour ces médecines, Anna le supplia de ne pas prendre celle-ci, car elle redoutait tant de potions pour un homme épuisé ; mais Julien obéit au médecin : une heure après il fut très-mal. M. Cooper rappelé avoua que la potion était trop forte ; il en ordonna une plus douce. L'Indienne maudissait la médecine anglaise, partagée entre la crainte de laisser souffrir son amant et l'effroi de le voir plus mal. N'était-il pas plus salutaire de transporter Julien dans un meilleur climat ? La France était voisine, n'y pouvait-on pas conduire le malade ? Julien se sentait incapable de supporter la traversée.

Lady Hampshire, apprenant qu'il était souffrant, vint voir Anna, lui disant ce que la bonté inspire :

« Lord Hampshire, après la session où passa le bill pour les catholiques, avait eu la même maladie que Julien, M. Cooper l'avait guéri parfaitement, il n'y avait rien à craindre.

— Je crains M. Cooper.

— M. Cooper ! le médecin le plus savant de Londres ! Si M. Cooper s'est trompé une fois, il ne se trompera plus. »

À ce moment Julien fit demander Anna ; il allait se lever pour recevoir lady Hampshire, qui entra bientôt chez lui ; divinité riante et bienfaisante, rapportant le calme à ces amans inquiets. Julien était sur son canapé, lady Hampshire s'assit sur un fauteuil près de lui, lui annonçant la visite de son mari et de son frère pour le jour même ; elle parla des intrigues du monde et du retour de sir Charles Wetherell qui s'était sauvé de Bristol ensanglanté. Julien s'occupa avec elle de cet événement ; mais quand elle fut sortie il retourna aux tristes pensées qu'il avait eues le matin : trouvant Anna plus charmante que jamais, il se reportait aux Indes, voulait voir le Bengale, parlait de partir, comme si les détails du départ lui eussent rendu la force.

« Nous emmènerons Bess aux Indes, dit-il à Anna, il faut faire voir votre ciel à cette Irlandaise ; nous relâcherons à Sainte-Hélène ; irons-nous visiter encore le tombeau ? Quel silence, Anna, autour de ce tombeau ! vous le rappelez-vous ? Ces tombes solitaires sont faites pour les grands hommes ; il faut autour des nôtres, des amis, des femmes et des fleurs. Que ferais-je de vous quand vous verrez le ciel des tropiques ? Dans combien de temps cela, Anna ? Dans un an, à pareil jour ; le crois-tu ? Te rappelles-tu nos nuits passées sur tes mers ? tes rians récits ? les transformations de Vichnou, homme ou poisson ? ta folle gaîté, puis ta langueur, cette douce mollesse des Indes que je veux te voir retrouver ? Que ton pays me plaisait ! pourquoi l'avons-nous quitté ? Je voudrais suivre mon premier projet, voir l'Himalaya ; pourras-tu m'accompagner dans ce long voyage ? Hélas ! Anna, je n'ai pas plus de force que toi. »

Il l'attira vers lui, il la pressa dans ses bras.

« Oui, lui dit-il, je t'ai prise près de ce royaume de Visapour, où est la mine des diamans les plus fins et les plus beaux de l'Asie. »

Il reprit ensuite :

« J'ai opposé notre Angleterre aux Indes : as-tu compris comment notre activité soumet votre indolence, comment nos mœurs sévères l'emportent sur vos faiblesses, et pourquoi cette terre des brouillards a soumis le pays du soleil ? Nous nous sommes fait des nuits qui valent les vôtres et dont nous préférons les flambeaux au fameux firmament des tropiques. »

On vint alors annoncer à Julien lord Hampshire et M. Surrey qu'il attendait ; Anna courut se livrer à ces rêves de voyage où elle cherchait un garant de l'avenir, ne se laissant aller qu'aux indices favorables et repoussant involontairement les autres. Quand l'inquiétude la prenait, elle s'arrêtait à une idée vague de danger, sans se rendre compte de rien ; le bonheur et la santé lui semblaient l'ordre naturel des choses.

Lord Hampshire et M. Surrey rappelèrent à Julien la vie publique ; il ne voulait plus que l'amour. Ne venait-il d'aborder les affaires que pour les quitter jeune ? Il avait jeté à peine un regard sur la terre ; mais il avait été membre du Parlement au moment le plus important ; il avait été aimé passionnément d'une femme de l'Asie ; il avait vu le ciel des Indes. Pouvait-il se plaindre ? Il mourait à trente ans dans la force de l'âge, quand la vie ne fait plus que se décolorer ; il plaignait la femme qu'il laissait après lui, ne se dissimulant pas son chagrin, ne sachant même si elle pourrait lui survivre. Anna, après le départ des deux beaux-frères, le trouva abattu ; elle le crut fatigué, et elle resta une heure assise à ses pieds en tenant sa main, rêvant, aimant, questionnant de temps en temps Julien, qui lui disait qu'il était mieux. On lui apporta à deux heures un léger repas qu'il prit avec plaisir ; la toux avait cessé ; Anna s'en félicitait, quoique le médecin n'en dît rien. Celui-ci entra alors, et, comme le jour était beau, il ordonna une promenade.

L'Indienne, heureuse, voyait la convalescence dans cette ordonnance ; elle sortit en voiture avec Julien, émue, rieuse. Bientôt Julien pourrait partir pour la France ; l'instinct poussait Anna à le faire sortir d'Angleterre.

Au retour, Julien, entrant dans sa chambre, étourdi d'avoir pris l'air, s'évanouit ; Anna commença à éprouver de premières terreurs qui lui ôtèrent sa tête ; on l'éloigna ; mais comme Julien retrouva sa connaissance, elle revint et montra une présence d'esprit et une force qu'on était loin d'attendre. Julien fut mieux le soir ; mais elle voulut dormir sur son canapé, près de lui, ne pouvant le quitter. Les gémissemens de l'Indienne dès qu'elle fut endormie avertirent Julien de la réveiller et de la rassurer ; elle rêvait qu'il souffrait ; elle le voyait évanoui ; elle faisait entendre à tout moment de tendres plaintes, plus malade que Julien, car ce qu'il ressentait dans son corps mortel elle le ressentait dans son âme.

Le lendemain elle était sans force pour se lever et marcher ; Julien exigea qu'elle restât calme toute la journée, la soignant lui-même. Tandis qu'elle reposait au milieu du jour, quelques pleurs s'échappèrent des yeux de son amant ; car il croyait voir que le même coup qui trancherait sa vie ferait tomber cette fleur du Gange qu'il avait arrachée au soleil pour la faire mourir de douleur. Ne pouvant résister à son exaltation, il se mit à genoux devant elle, comme elle se réveillait, et lui dit :

« Si nous mourons tous deux, soyons consolés ces derniers jours sur la terre ; je t'ai privée de ton pays sans pouvoir te rendre heureuse, me le pardonnes-tu ? Est-ce avec un sourire de paix que nous nous retrouverons au tribunal de Dieu ?

— Oui, dit Anna, puisque je meurs pour vous. »

Elle le tint long-temps embrassé ; ils pleuraient tout deux ; elle reprit, voulant calmer Julien :

« J'ai une meilleure espérance ; mais n'oubliez jamais que vous avez vu que je ne pourrais pas vous survivre. »

Des domestiques, en entrant, interrompirent cet entretien, qu'on n'osa plus reprendre. La soirée fut sombre ; l'Indienne n'était pas bien ; l'imagination malade de Julien s'en tourmentait. En vain M. Cooper lui jurait qu'il n'y avait rien à craindre ; il écrivit à madame Bolton et à lady Hampshire pour qu'elles vinssent voir l'Indienne.

Elle se rétablit, et Julien sembla se rétablir avec elle. Déjà le médecin se montrait content ; il parlait d'envoyer son malade à Calais. L'Indienne, ravie, mais plus craintive, ne faisait que pleurer. Comme elle vivait trop renfermée, M. Cooper lui ordonna de sortir à pied, se faisant seconder de l'autorité de Julien. Anna sortit donc ; elle ne fut pas long-temps dehors. Mais quel fut son saisissement, en rentrant, de voir Bess avec un visage altéré, qui lui dit que Monsieur était mal, sans oser dire plus. L'Indienne courut à la chambre de Julien ; il était sur son lit ; son médecin était près de lui ; John, son valet-de-chambre, frottait ses pieds. Quand Anna parut, il fit un mouvement et lui dit : « Ce n'est rien. » Mais l'Indienne était hors d'elle-même. Il se plaignit ensuite : la délicatesse de son organisation lui donnait des douleurs plus grandes et des accens plus touchans qu'aux autres hommes ; sa fragilité comme son élégance concouraient à attendrir sa maîtresse. Le médecin voulut le relever sur son lit ; Julien ne put s'aider : alors le sang se retira du cœur de l'Indienne ; un nuage couvrit sa vue ; elle s'appuya sur le lit, perdant la force : la vue de cette faiblesse lui ôtait la vie ; un moment après elle sortit de la chambre dans un transport de désespoir, courant s'abandonner à des larmes et à des convulsions.

Lady Hampshire, qui arrivait à ce moment, la trouva chez elle dans cet état. Apprenant de Bess que Julien était mieux, elle voulut reconduire Anna chez lui pour la rassurer. En effet Anna, en le voyant causer doucement avec M. Cooper et lady Hampshire, retrouva sa tête : Julien la regardait tendrement.

« Vous rappelez-vous, dit l'Anglaise au médecin, que lord Hamsphire a été comme M. Warwick ?

— Oui, répondit-il ; c'était après le bill catholique : le Parlement, à la fin des sessions importantes, nous vaut toujours des malades.

— Comment va le dernier enfant de mon frère ce matin ?

— Il est bien ; je voudrais que Madame (montrant Anna) ne fût pas plus inquiète de son mari que M. Surrey ne l'est de son fils : l'enfant était atteint d'une maladie sans danger, mais douloureuse ; le père n'y a pas songé un instant.

— Cette pauvre Indienne sort toujours de la vérité, dit Julien en continuant de la regarder d'un air attendri. »

Anna sourit ; elle était calmée. Quelles délices quand Julien était mieux ! Comment exprimer ce qu'elle éprouvait ? Son cœur semblait vouloir sortir de sa place pour battre plus librement et trouver plus d'espace : c'était des émotions trop élevées pour une prison d'argile.

« Que dites-vous, ma chère Anna, de cette barbe que votre mari a laissé pousser si belle ? demanda lady Hampshire ; ne trouvez-vous pas qu'elle lui sied bien, et qu'il eût été charmant chez les Juifs ? »

Julien avait laissé croître sa barbe, disant qu'il ne la raserait que quand il pourrait retourner à la Chambre des communes. Anna, en le regardant pendant que lady Hampshire disait ces mots, fut frappée de la ressemblance qu'elle avait déjà remarquée de Julien avec Jésus-Christ ; car cette Indienne avait besoin de déifier son amant : c'était le jeune dieu de la Judée au moment de ses sacrifices, avec ces mystères de passion et de douleur qu'Anna rêvait aux jours de sa félicité. Quelque chose de supérieur à la terre se mêle aux impressions des peuples du Midi. Julien, depuis ce jour, fut Jésus-Christ : la délicatesse des membres du dieu représentée par les artistes, la noblesse de sa personne, sa douceur angélique, et ce foyer d'amour et de tristesse où les Chrétiens s'étaient instruits, se retrouvaient dans Julien ; si ses bras langissans restaient étendus sur son lit, si sa position annonçait la faiblesse, l'Indienne voyait ces descentes de croix de Raphaël et de Michel-Ange, dont les copies avaient seules dans Londres éveillé sa loi nouvelle : les Chrétiens, en unissant la douleur et la beauté, avaient atteint les passions à leur véritable source.

Mais la mort s'approchait, et des pensées d'un autre ordre allaient briser le cœur de l'Indienne ; de nouveaux accidens éclairèrent Julien et tout le monde, excepté Anna ; elle demanda au médecin ce qu'il fallait donner à Julien ; il répondit : « Tout ce qu'il voudra ; » et ce mot, qu'on dit pour les malades désespérés, n'éclaira pas Anna. Julien lui parlait de la vie éternelle ; retrouvant une tendresse extraordinaire, jamais durant sa longue passion il n'avait été plus amoureux que dans ces derniers jours ; il ne pouvait laisser sortir Anna un seul instant de sa chambre ; il ne voulait rien prendre que de sa main ; il jouissait de ses soins. L'Indienne s'aperçut enfin à sa faiblesse toujours croissante qu'il allait plus mal ; elle voyait avec terreur sa figure pâle, ses yeux dont le feu était éteint ; elle commença à suivre les progrès de ce dépérissement, non pas avec ce désespoir lugubre semblable aux ténèbres qui s'emparent de nous en voyant la misère et la mort, mais avec une passion croissante, une tendre et inexprimable douleur ; cette vue était trop forte pour elle ; son âme exaltée y puisait une ivresse mortelle : si Julien souffrait plus long-temps, l'Indienne tomberait avant lui ; la maladie était moins redoutable que le feu où elle se consumait. Hélas ! hélas ! les émotions qui ont livré la femme à l'homme ont créé entre elle et lui comme des liens de la nature : la mère qui voit son enfant dépérir ne ressent pas au plus profond de ses entrailles des douleurs plus grandes que la femme éprise qui voit son jeune amant mourir ; les émotions d'Anna, dans ses beaux jours, avaient atteint le principe de sa vie ; aujourd'hui le principe de sa vie fut également atteint : Julien mourait, Anna mourait ; la même union qui les avait ravis aux cieux les liait à la tombe. Et rien ne pouvait rendre la vie à Julien ! rien ne suspendrait la marche de la nature ! En vain Anna versait ses pleurs devant Dieu ; il semblait que le dieu fût sourd et la création sans bonté.

Julien, voyant qu'il mourrait bientôt, fit demander lord Hampshire pour lui donner ses dernières instructions comme à un parent ; lord Hampshire, qui ne l'avait pas vu depuis sa visite avec son beau-frère, vint avec un triste empressement. Julien le reçut au lit, très-changé et lui parlant avec sa gaîté ordinaire, mais d'une voix éteinte. Lord Hampshire, affecté, regrettait à la fois un ami et un homme de talent qui eût été utile au parti et au pays. Julien ne lui fit pas d'adieux ; il lui dit seulement :

« Quand vous irez dans ma province, parlez à mes amis et à mes électeurs de mon regret de ne devoir plus les servir : j'ai fait mon devoir d'Anglais ; porté à la réforme, je l'ai combattue dans son erreur. Vous verrez de grandes choses, Mylord : si le bill de la prochaine session consacre ce que nous avons demandé, je me réjouirai dans ma tombe, nous aurons beaucoup obtenu.

— Heureux peut-être, dit lord Hampshire, l'Anglais qui s'endort aujourd'hui ! J'étais plus rassuré à l'ouverture de la session qu'à présent ; le peuple a pris un dangereux éveil ; je ne sais plus où nous marchons.

— Ces inquiétudes ont leur attrait ; je n'aurais pas demandé à trente ans cette mort que j'accepte ; » et il ajouta en souriant : « Vraiment, ce n'est pas la Chambre qui rendra ma fin pénible ; les femmes, autour de nous, troublent nos derniers momens plus que la politique. »

Lord Hampshire reprit : « Si l'aristocratie recevait un grand échec, je ne voudrais pas survivre.

— Pour la gloire de Dieu, Mylord, nous n'arrêterons pas cet essor du genre humain ; un plus grand nombre d'hommes est appelé au bien-être comme aux travaux de la politique ; nos rangs seront ouverts et dispersés ; l'aristocratie ne pouvait pas avoir un plus glorieux résultat : elle a tant produit qu'elle devient inutile. Puisse notre hauteur passer aux masses, et l'esprit anglais devenir l'aristocratie même ! Ayons-leur tout donné et tout appris, que nous vivions en eux, instructeurs et devanciers des peuples. »

Lord Hampshire secoua la tête, ne voulant pas combattre Julien, qui reprit :

« Vous devez vous attendre que l'Église sera la première attaquée, il faut que l'aristocratie s'y résigne ; si elle avait su plus tôt faire des concessions, nous ne serions pas où nous sommes. Il n'est plus temps, Mylord, de résister, il faut retourner dans les plaines de Runymède et refaire la grande charte. Un mourant doit voir ces choses avec impartialité, il est trop disposé à apprécier le passé et la valeur de ce qu'on perd ; mais il sait encore mieux qu'il est vain de se soulever contre les lois de la nature ou la marche du monde. »

Alors il donna à lord Hampshire des avis sur ses affaires après sa mort ; il le chargea de plusieurs commissions, qui avaient Anna pour but, et, après avoir achevé ces instructions d'un ton calme, il lui dit :

« Prenez modèle de moi pour vous soumettre à ce que la patrie exigera ; vous m'avez donné des exemples honorables, recevez-en un aujourd'hui. »

Puis il parla sur d'autres sujets ; lord Hampshire contint son émotion, qu'il montrait rarement ; ils causèrent avec une fermeté digne du noble caractère des hommes dans leur pays, et ils se séparèrent attendris.

Après cette conversation Julien alla plus mal, il fut bientôt à l'extrémité. Anna ne le quitta pas un moment ; soit égarement, soit force, elle resta immobile à genoux près du lit, tenant la main de son amant à sa bouche ; elle l'entendit souffrir, mourir ; au moment de s'éteindre Julien, retrouvant sa tête, l'appela, il lui tendit la main qu'il venait d'ôter des siennes sans s'en apercevoir, il la pressa avec la force qui lui restait ; son visage portait les ombres de la mort, le souffle de la vie allait quitter la dépouille souffrante ; dans ce moment le cœur de l'homme était sensible encore, Julien se penchant vers l'Indienne, mourut doucement sur son sein. Elle ne fléchit pas, pieuse et forte ; mais lorsqu'il fallut l'arracher de ce lit, quand, se rattachant par un mouvement machinal à la main de Julien, on la dégagea aussi de ce lieu, des cris et de premières convulsions commencèrent ; le médecin ne savait pas s'il deviendrait maître de cette organisation flexible, déjà brisée. Les calmans, les potions furent vaines et rejetées ; Anna resta hors d'elle-même, ou si la raison revint, les convulsions recommencèrent. La vie s'épuisa promptement chez cette Indienne, elle comprit qu'elle allait mourir quand elle était sans mouvement, n'en exprimant pas de plaisir, car elle était trop accablée : le médecin vit seulement que le calme était grand, l'orage fini. Elle fit un signe d'amitié à lady Hampshire, qui assista à ses derniers momens, et regardant autour d'elle comme si elle cherchait quelqu'un, elle fixa ensuite ses yeux au ciel, les tint là dans une longue extase, et mourut.

Sa cendre ne se mêla pas à celle de sa race sous le large feuillage des palmiers ; son ombre n'alla pas errer sur les rians rivages de Bombay ; elle fut enterrée à côté de Julien, au pays de ses maîtres, sous le ciel rigoureux de l'Angleterre.

FIN.

LE CONVICT.

Déjà le vaisseau était sorti du port ; les marins anglais, poussant ces cris qui ressemblent à des cris d'effroi, hissaient les voiles ; le vent était favorable, quoiqu'il fût beaucoup diminué par une pluie fine et un brouillard qui régnaient depuis deux jours. L'Angleterre ne parut bientôt plus que comme une noire vapeur à ceux qui se trouvaient sur le bâtiment. C'étaient des criminels condamnés à la déportation, qui partaient pour la Nouvelle-Galles du Sud, autrement dit la Nouvelle-Hollande. Ceux qui se trouvaient dans ce moment sur le pont tenaient les yeux fixés sur l'Angleterre ; et, bien que le jour fût d'une tristesse profonde et que cette île dût inspirer de loin si peu d'envie de l'habiter, ils regrettaient ce séjour de leur crime et de leur souffrance. Mais la scélératesse, qui porte avec elle sa gaîté, se consola bientôt, et un d'eux s'écria :

« On fait de l'ale à la Nouvelle-Galles tout aussi bonne que celle de

Whitbread ; Dieu nous bénisse, nous y boirons bien.

— Ce n'est pas l'avis de Thomas, reprit un autre : regarde-le ; depuis six ans qu'il avait quitté Newgate, il était devenu un gentilhomme ; il ne nous regarde plus.

— Ne suis-je pas venu vous rejoindre ? demanda Thomas en riant.

— C'est bien malgré toi : tu as perdu la gaîté des prisons.

— Dis qu'il l'a retrouvée, cria un autre ; depuis quelques jours il est redevenu comme autrefois.

— Mais sur le bâtiment il est resté immobile ; John, qui est attaché à sa chaîne, l'a tiré vingt fois sans le faire parler.

— Eh bien, je parlerai maintenant plus que vous tous, dit Thomas ; mais j'écoutais les cris des marins, je regardais les voiles ; je n'ai jamais vu un si grand bâtiment que celui-ci. »

Alors Thomas, retrouvant l'atroce bouffonnerie des prisons, amusa l'auditoire jusqu'au moment où on fit rentrer ces prisonniers pour en faire sortir d'autres. Thomas avait été un nourrisson de Newgate, un de ces malheureux enfans qu'une première faute conduit dans les prisons à l'école du crime. D'une imagination brillante et gaie, il avait exercé son énergie à divertir ses camarades ; adroit, audacieux, actif, il les volait ou les séduisait tour à tour. Retenu à Newgate pour des délits successifs commis dans la prison même, dès qu'il en était sorti, il y avait été envoyé pour des délits nouveaux. Le pays étant trop sévère pour son humeur, il ne trouvait de gaîté que dans les prisons : c'est là seulement qu'il entendait rire et que ses paroles avaient l'effet qu'il voulait. Quand il eut vingt ans, et qu'il put obtenir du travail, il continua de voler ; mais, telle était son intelligence naturelle, qu'après avoir vécu quatre ou cinq ans dans la société, il comprit qu'elle ne pourrait pas se maintenir avec le crime, et qu'il résolut de se lier à elle et de faire fortune en marchant dans ses voies. Il fit cette découverte en pensant, en travaillant et en volant. Son pays ne lui convenait pas : son humeur animée, ses habitudes familières, ne pouvaient s'habituer à la froideur du peuple. S'il eût commencé dès-lors sa carrière honnête, il était sauvé ; mais il raisonna ainsi :

« J'ai eu les inconvéniens du crime, une mauvaise éducation, une jeunesse flétrie ; je veux finir, mais en finissant je veux avoir les profits du crime : un dernier vol considérable me donnera les moyens de travailler ; je romprai avec ma vie passée par un coup utile. »

Il le tenta ; il s'empara d'une somme d'argent, il fut surpris, son adresse atténua les apparences, et il fut condamné à la déportation pour sept ans. Reconduit à Newgate, il y rentra dans l'abattement, car il avait manqué son coup ; mais les plaisanteries et les reproches de ses amis, lui rendirent les éclairs de sa gaîté passée, et quand il fut avec eux sur le bâtiment, il s'enchanta des voiles et des mers, et porta ailleurs son énergie. Il allait voir une terre nouvelle, sept ans seraient bientôt passés ; l'honnêteté entrait désormais dans ses calculs, mais il n'en pouvait encore chasser l'idée d'un vol heureux qui réparât ses malheurs passés. Soit l'éducation, soit la nature, il lui restait un penchant au vol qui lui faisait toujours rêver un adieu criminel à sa vie passée. Son énergie s'était habituée à ces honteux périls ; il n'en connaissait pas d'autres ; il contait avec enchantement les dupes qu'il avait faites, et, s'il s'agissait d'un coup de nuit, il se rappelait avec orgueil le danger. Sur le bâtiment comme à Newgate il domina les esprits, il brilla et sentit sa force. Le ciel des tropiques ne le trouva point insensible. En s'approchant de l'Asie, il fut frappé de l'éclat du jour, de la beauté des mers ; et sans doute son âme bien dirigée eût été meilleure, car elle sentait ce qui était beau. Déjà il se félicitait d'aborder une terre plus riante que l'Angleterre, quoiqu'il ne se consolât pas encore de l'aborder en criminel. Si le crime pour lui était encore le plaisir, ce n'était plus le triomphe ; le triomphe, c'était l'ordre ; c'était une place parmi les hommes pour marcher avec eux, selon les lois. Ayant trouvé ses idées, s'il s'amusait encore de dominer les déportés, il ne pouvait plus souffrir d'être confondu avec eux ; il se trouvait l'égal des chefs, et sa vanité l'appelait ailleurs.

En arrivant à Sidney, capitale de la Nouvelle-Galles, les déportés, qu'on appelle les *convicts*, furent déposés dans la prison. On s'informa de leur conduite dans la traversée ; et comme Thomas s'était bien conduit, il fut accordé tout de suite à M. Ellis, un riche fermier, qui, selon l'usage de la colonie, avait fait la demande de deux ou trois convicts pour des travaux de défrichement. En voyant arriver les hommes qu'il avait demandés, M. Ellis alla vers eux et leur fit des questions :

« Tous trois déportés pour sept ans, dit-il ; j'en aurais voulu un déporté pour la vie ; » car ce sont ces criminels-là qu'on préfère. N'ayant plus l'idée de revoir la patrie et de retrouver la liberté, ils cherchent à gagner les bonnes grâces du maître par une conduite exemplaire.

« Monsieur, dit Thomas à M. Ellis, vous serez content de moi ; je désire bien faire ; employez-moi, vous verrez mon zèle. »

Il fut envoyé bientôt au loin, dans un pays désert, avec sept ou huit convicts qui défrichaient les terres. Ces hommes s'empressèrent de lui raconter leurs crimes. Thomas n'entendait pas sans plaisir des traits d'audace ou d'adresse ; mais le pays l'occupa plus que les hommes : il s'étonnait du silence ; ces déserts de la Nouvelle-Hollande s'emparaient de son imagination. Le pays n'est pas beau, mais il est vaste ; les horizons sont tantôt plats, tantôt terminés par des montagnes ou plutôt des pics dégarnis ; le ciel est pur, le jour beau, la végétation agréable. L'endroit où travaillaient les ouvriers était fertile ; c'était de vastes prairies d'un assez bon pâturage. Thomas regardait souvent au loin devant lui, avec un vague désir de s'aventurer au loin et de marcher là où l'homme n'avait pas encore pénétré. Un jour qu'il s'était avancé seul dans la plaine à l'heure du repos, il aperçut de côté, derrière les collines, une femme sauvage qui s'avançait timidement. Elle était grande, elle semblait jeune. Thomas lui fit un signe ; elle s'arrêta, recula, prit son pas pour fuir ; Thomas s'élança à sa poursuite, malgré sa chaîne qui le blessa cruellement ; il la saisit par le bras, la regarda. Elle était à peine vêtue, bien faite, jeune, noire comme les naturels du pays et farouche comme eux. Thomas lui fit des questions ; elle répondit par des sons barbares, cherchant à fuir ; mais il la rassura enfin : il lui offrit des fleurs, il la fit asseoir sur le gazon, et il comprit qu'elle avait déjà connu les Européens. Thomas, n'ayant pas rencontré de femme depuis long-temps, oublia tout près de celle-ci. Bien qu'elle fût noire, elle était belle ; il la retint plusieurs heures dans ces plaines ; la solitude, la femme, un instant de liberté, le ravirent ; il lui fit comprendre qu'il l'attendrait le lendemain, et il retourna vers ses camarades comme s'il avait goûté loin d'eux un an de vie. La nuit venait, ses camarades n'y étaient plus. Thomas, ne songeant pas qu'il serait puni, pensa seulement que la femme noire se trouverait peut-être encore dans la plaine ; il voulut la rejoindre, mais sa chaîne le blessa tellement qu'il tomba ; il s'endormit là jusqu'au lendemain matin.

Le lendemain, quand les convicts arrivèrent, leur gardien, voyant Thomas, le tança rudement ; et, le faisant aussitôt conduire à la ferme par un homme armé, Thomas reçut cinquante coups de fouet par les ordres de M. Ellis. Indigné de ce traitement, occupé de la femme noire, il ne songea qu'à la rejoindre : dans cette idée, déjà blessé à la jambe, il feignit d'être très-malade, et resta comme privé de sentiment tout le jour. M. Ellis, informé du malheureux état de cet homme, le fit porter sur du foin dans une grange. On lui ôta ses fers ; mais, comme on suspectait la bonne foi des convicts, on ferma la grange avec des barres de fer durant la nuit. Dès qu'on fut sorti, Thomas se leva sur son séant :

« On me laisse sans mes fers ici, dit-il, quand on m'a frappé et qu'une femme m'attend ! »

Il grimpa aussitôt, malgré la blessure de sa jambe qui lui faisait un mal affreux, le long d'un pilier de la grange ; il ouvrit le toit avec beaucoup de peine, se glissa dans le trou qu'il avait fait ; la nuit était profonde ; il se laissa tomber sur de la paille qui était là, et, franchissant les palissades qui entouraient les cours, il se rendit au lieu ordinaire du travail, où il arriva à la pointe du jour. Alors il s'enfonça derrière les collines ; il cria, il appela, espérant trouver la femme noire : le silence régnait. Thomas marcha tout le jour ; il mourait de faim, de soif et de fatigue. Quand la nuit vint, il dormit dans une vallée ; le lendemain il reprit sa course sans avoir rien mangé ; mais, quand le soleil devint vif, il ne put en supporter l'ardeur : ses forces s'éteignirent ; les objets semblèrent se mouvoir devant lui. Dans ce moment, il crut apercevoir la femme noire qui s'avançait ; mais, avant de savoir si c'était vrai, il tomba sans connaissance. C'était elle. Voyant tomber Thomas, elle courut vers lui, et, remarquant que son visage était pâle, son air mourant, elle jeta des cris et se précipita sur lui ; puis, songeant qu'il vivait peut-être encore, elle le couvrit de caresses, et chercha à le ranimer. Thomas alors ouvrit les yeux ; il fit signe qu'il mourait de faim. À ces signes, la femme s'élança comme une flèche et disparut. Elle revint bientôt, portant de l'eau et quelques mets sauvages. Thomas retrouva la force. La sensibilité naquit chez lui au moment où il retrouvait ainsi la vie. Cette femme lui parut si tendre, que son cœur s'ouvrit à des sentimens pour lesquels il était fait. Ses larmes coulèrent. Misérable, prisonnier, le dos écorché par le fouet, la jambe déchirée par la chaîne, mourant de fatigue et de faim, il bénit la main qui le sauvait, et reprit son rang de créature humaine. La flamme de sa jeunesse avait été flétrie, mais n'était pas éteinte ; il vit les choses de plus haut, seul avec la pitié au milieu d'un désert. La femme, s'apercevant qu'il pleurait, fit un signe négatif, et se mit à danser autour de lui. Quand il fut mieux, elle lui tendit la main et le guida sur la colline, où il trouva une famille de sauvages qui le reçut bien.

Les sauvages qui habitent autour des colonies, à la Nouvelle-Galles, sont accoutumés à voir des blancs ; quelquefois les convicts, rompant leurs chaînes, les rejoignent au désert, préférant vivre avec ces sauvages à vivre prisonniers. La loi anglaise permet alors de tuer les fugitifs ; Thomas ne l'ignorait pas : il se promit de ne plus retourner du côté de la colonie. Ces sauvages forment une faible population, disséminée sur le sol, et divisée en familles de quatre ou sept personnes. Le pays fournit si peu pour vivre dans certaines parties, et manque si complètement d'eau, que l'homme n'a pu se réunir en société. La famille où Thomas venait d'être introduit se composait du père, de la mère, et de quatre enfans dont la femme noire était l'aînée ; elle pouvait avoir vingt-trois ans : une autre fille en avait dix-sept : il y avait un garçon de douze ans, et un autre petit de six. La famille allait partir quand Thomas arriva ; on semblait attendre la fille aînée avec impatience : elle montra Thomas à ses parens comme si elle présentait son mari ; on le reçut dans la famille, et on se mit en marche. Black (c'est ainsi que Thomas se plut à nommer sa femme) vint lui donner la main en riant ; ils cheminèrent ainsi plusieurs heures ; puis on s'arrêta ; on alluma des feux ; on se prépara à faire un nouveau repas avant le coucher.

Black fit une couche à part pour elle et son mari ; elle l'y mena doucement après qu'on eut soupé. La nouveauté de cette vie errante et amoureuse plut à Thomas ; il entraînait au loin la fille dans les endroits qu'elle lui désignait. La solitude de la Nouvelle-Hollande est profonde, puisque les naturels, vivant par bandes isolées, ne présentent d'habitations nulle part. Ils longèrent quelque temps un fleuve considérable, qui finit par se perdre dans des marais sans terme : il fallut s'arrêter là. Le cours des fleuves, dans cette partie du monde, n'est pas tracé ; il semble qu'il manque la dernière main à la création. En revenant par un autre chemin, ils manquèrent d'eau : on en trouvait en petite quantité çà et là dans des trous que les familles errantes avaient creusés pour recevoir la pluie du ciel. Un jour que Thomas s'était aventuré loin avec sa femme, commençant peut-être à se lasser de ces marches sans variété et sans but, il éprouva le comble de l'étonnement en entendant tout-à-coup parler sa langue près de là. Ce lieu était à une grande distance de la colonie ; il allait fuir, quand quinze ou vingt hommes à cheval paraissant, l'un d'eux coucha Thomas enjoué, en lui criant :

« Arrête, malheureux ! sers-nous de guide, ou tu es mort. »

Thomas s'arrêta ; mais il répondit hardiment :

« Faites-moi de bonnes conditions, et je vous guiderai ; autrement il m'importe peu de vivre dans ces déserts ou de mourir d'une balle.

— Quel est ton crime ? pourquoi es-tu ici ? demanda le chef de l'expédition en s'avançant.

— J'ai suivi cette femme, dit Thomas, et je n'ai plus osé retourner chez mon maître.

— Quel était ton maître ?

— Le fermier Ellis.

— Eh bien, moi, je serai ton maître, dit le capitaine Smith qui commandait l'expédition ; nous saurons à Sidney la vérité de ce que tu dis. Si ces conditions te plaisent, conduis-nous, ou tu es mort. »

Thomas regarda Black et réfléchit un moment. En s'élançant de toute sa force, il pouvait fuir, gagner les vallées et se mettre à l'abri ; mais l'ennui commençait à le saisir au désert.

« Si je reste avec vous, dit-il au capitaine, que fera-t-on de cette femme ? Je l'ai épousée ; elle sera chrétienne : pourrai-je la garder ?

— Oui, dit le capitaine ; mais il faudra vous marier de nouveau à Sidney. »

Thomas s'y engagea.

« À présent, dit le capitaine Smith, reconduis-nous aux habitations anglaises ; nous avons suivi le fleuve ; nous nous sommes perdus dans les marais ; nous ne savons plus retrouver la direction. »

Thomas ne savait réellement pas où il fallait aller, mais il en savait plus que l'expédition ; il cacha son ignorance, pensant que son zèle lui vaudrait quelque chose ; et il commença à guider l'expédition, rendant compte de tout et des choses même qu'il ne savait pas. Black marchait à la queue de la troupe avec les domestiques. Se dirigeant sur le soleil, après mille difficultés et bien des détours, Thomas se trouva enfin dans des endroits qu'il connaissait ; il ramena heureusement l'expédition : elle avait été explorer le pays, et revenait après un voyage de deux mois. Elle était exténuée, ayant perdu la moitié des chevaux et un homme. Le capitaine Smith, au lieu de s'informer si l'histoire de Thomas était vraie, le livra aux autorités. Black, durant la route, s'était attachée à un des domestiques de l'expédition. Thomas, quoique lassé d'elle, la perdit avec quelque regret ; mais l'indignation qu'il ressentit contre le capitaine l'emporta sur tout autre sentiment, confirmant sa moralité.

« C'est voler, dit-il ; voilà le vol, il trompe, désorganise la société. »

Thomas, coupable d'avoir fui avec les naturels, fut envoyé à Moreton-Bay, le plus cruel des établissemens de châtiment. Le chef qui surveillait les criminels était un criminel lui-même que sa bonne conduite avait élevé à ce poste ; il y portait une rigueur que montrent ordinairement les coupables réformés, car on n'a pu les laisser exercer la justice à la Nouvelle-Galles, tant leur sévérité était redoutable. Ce chef, entendant les plaintes de Thomas, s'en offensa, et, dans sa cruauté, lui fit donner cinquante coups de fouet en le condamnant à monter sur le mill.

Thomas éprouva un violent ressentiment ; son énergie, endormie au désert, réveillée par la conduite du capitaine, se jeta ici dans la haine que lui inspira le chef. Tous les malheureux envoyés à Moreton-Bay l'exécraient également : il punissait durement pour la moindre offense ; se plaisant au mal, comme une divinité de l'enfer, il faisait frapper jusqu'aux malades, qu'on reportait brisés sur leurs lits. Thomas ne put contenir sa rage ; il n'avait rien vu de pareil dans toute sa vie ; il parla : il fut condamné à cent coups de fouet. Alors, son dessein fut arrêté ; il se promit de tuer le chef ; il n'avait pas d'arme, mais le poids de sa chaîne suffisait ; il contint plusieurs jours ce dessein dans son âme, cherchant un instant favorable. Un matin qu'ils étaient vingt criminels réunis, le chef passa au milieu d'eux ; Thomas s'élança sur lui, dirigeant ses chaînes sur la tête du chef, qui tomba mort. Un cri de joie et d'admiration s'éleva parmi les convicts, et quand on vint au bruit pour savoir ce qui se passait, aucun homme ne désigna le meurtrier. Thomas s'était retiré parmi les autres ; on menaça tous les hommes du fouet, s'ils ne révélaient pas la vérité ; ils se turent ; et, comme le chef était détesté de tous, on laissa cette affaire. Cependant le capitaine Smith, arrivé à Sidney, ayant appris qu'on avait envoyé Thomas à Moreton-Bay, en fut fâché ; il l'avait livré aux autorités sans vouloir qu'on le punît si cruellement. Il s'adressa au gouverneur : l'homme lui fut renvoyé. Mais le capitaine partait pour l'Europe ; il plaça Thomas chez un planteur des environs de Sidney, qui avait un grand nombre d'ouvriers, en lui disant qu'il était un homme intelligent, et en lui contant ce qu'il avait fait.

Le planteur, M. Burge, était un homme capable, qui avait fait des entreprises énormes : favorisé par le gouvernement, qui veut établir à la Nouvelle-Galles la grande propriété comme elle est en Angleterre, il possédait des terres considérables ; il discerna vite la capacité de Thomas. Trouvant une grande difficulté à tenir les convicts dans la discipline, il lui remit leur surveillance, et peu à peu, l'admettant dans sa confiance, il le chargea de commissions importantes. Thomas se trouva alors sur le chemin de la fortune ; mais au lieu de commencer ici sa carrière honnête, il vit que tout le monde volait plus ou moins M. Burge, malgré l'ordre de ses affaires, et il fit comme les autres. S'il doublait ses profits, il avancerait beaucoup ses affaires : ce serait son dernier vol. D'ailleurs, ce vol, habituel à tous les intendans, à tous les hommes d'affaires, ne lui parut pas porter le caractère des autres. Quand le terme de sa captivité serait venu, peut-être il pourrait former un établissement lui-même.

Il allait souvent à Sidney faire les affaires de M. Burge, sa bonne

LE CONVICT.

conduite, son air d'autorité, le mettaient bien avec les marchands. Un parti s'organisait alors dans la colonie contre le gouverneur, le général Darling, auquel on reprochait plusieurs actes arbitraires. La jeunesse, oubliant son origine, médisait de l'Angleterre : belle, hardie, cherchant la vie des forêts, elle respirait l'esprit d'un nouveau monde. Thomas fut charmé d'elle, et il commença à se lier avec l'opposition, trop portée à s'unir avec les émancipés, les coupables affranchis et tout ce qui avait à se plaindre justement ou injustement. Dans ses courses à Sidney, Thomas connut la fille d'un marchand d'étoffes. C'était une fille bien élevée, modeste, et qui avait su résister au mauvais air de la colonie. Un jour que Thomas faisait des emplettes pour son maître dans la boutique, il lui parla du goût qu'il aurait eu pour elle et du malheur d'un convict, qu'une femme ne saurait regarder même quand il avait retrouvé sa vertu. Jenny rougit en répondant qu'on savait bien qu'il l'avait retrouvée, et qu'il ne devait pas désespérer de regagner l'estime de tout le monde. De ce jour Thomas vint souvent à la boutique. La famille de Jenny voulut l'empêcher de s'attacher à Thomas ; elle ne s'expliqua point et continua de le voir.

Cependant Thomas arrivait au comble de ses vœux : une femme l'aimait, sa réputation se rétablissait ; il pourrait désormais avoir une vie heureuse et réglée, et enfin les profits secrets qu'il se procurait seraient suffisans pour fonder sa fortune à venir. Ici le juste Ciel, fatigué de cette persévérance dans le crime, le punit sévèrement : il y avait chez M. Burge un petit nègre très-méchant, furetant partout, observant les convicts, favori de son maître. Thomas, revenant de Sidney, trouva un matin ce petit nègre dans sa chambre, occupé à compter l'argent amassé par Thomas, que celui-ci avait caché dans sa paillasse : l'enfant, possédant par hasard un instrument de serrurerie, avait ouvert pour s'amuser la porte de la chambre, et, entraîné par la curiosité, il avait visité le lit, où les voleurs cachent ce qu'ils dérobent. L'argent montait à une grosse somme ; le petit nègre eut peur de sa découverte, et il allait tout refermer quand Thomas parut devant lui. Le moment était terrible : Thomas, plein de ses espérances, les voyait près de se détruire par un enfant dont les récits devaient le déshonorer de nouveau. Et l'enfant se voyait seul avec un homme robuste et déterminé, qui pouvait trancher sa vie d'un coup. L'idée du meurtre ne s'offrit que trop fortement à la pensée de Thomas.

« Méchant, dit-il à l'enfant, tu paieras cher ta curiosité. »

L'enfant cria, espérant être entendu ; Thomas se jeta sur lui, lui ferma la bouche, le tint renversé sur son lit ; mais, malgré la fureur qui le dominait, il s'arrêta un moment. Possédant toutes les facilités pour cacher son crime, il hésita par l'idée de cette amélioration nouvelle où il aspirait.

D'ailleurs, jamais il n'avait commis de meurtre ; il n'avait tué que ce chef scélérat de Moreton-Bay ; il avait volé dès son enfance, mais ses penchans n'étaient pas féroces. L'homme hésita long-temps ; il regardait l'enfant, mordait ses lèvres, roidissait ses bras, puis, se jetant tout-à-coup sur lui comme s'il était en démence, il l'étouffa sous le poids de son corps et d'un matelas. Il le cacha bien sous le lit, puis, sortant de sa chambre qu'il ferma à double tour, il courut à ses devoirs ordinaires. Si on l'eût observé attentivement, sans doute on eût découvert en lui un trouble général ; plusieurs fois il se trompa dans ses réponses, plusieurs fois son corps frissonna involontairement.

« C'est pitié, pensait-il en lui-même, la faiblesse de l'homme ; j'ai tué un nègre, un enfant méchant qui m'allait perdre, et je suis dans un état affreux ! Que ce crime reste en oubli, je n'en ferai jamais un autre. »

Il évita toute la soirée de rentrer dans sa chambre. Au souper des domestiques on demanda le petit nègre ; son maître inquiet le fit chercher. On supposa qu'il se serait perdu dans les bois ; on envoya à sa rencontre ; les gens de la maison n'étaient occupés que de cela. Thomas, oppressé, ne parlait, ne voyait plus ; sa force s'était prise à ce malaise, à cette horreur profonde que le crime laisse après lui. Il s'étonnait de sa disposition et la maudissait. L'homme ne s'égarerait pas tant s'il savait d'avance ce qui succède au triomphe des passions.

Quand la nuit fut complète, que tout le monde fût endormi, il rentra dans sa chambre et découvrit son lit : il détourna les yeux, chargea le corps de l'enfant sur son dos, et le glissa doucement par sa fenêtre dans le jardin. Descendant après lui, il alla le porter à une petite distance, le jetant dans des fossés d'eau où il ne devait pas être découvert de long-temps. La nuit et sa prudence le servirent ; son crime resta caché, et quand, plus tard, le corps de l'enfant fut trouvé, on crut qu'il était mort par accident.

Thomas vit tout lui réussir : il épousa l'honnête Jenny, qui lui fut fidèle ; il acheta des terres ; il cessa de voler ; il devint probe et riche. Il eut des enfans ; sa famille prospéra, mais il porta la peine du passé. Jamais cet enfant étouffé ne cessa de troubler ses nuits, et, dans cette route d'ordre et de bien-être où il était entré, toujours ce meurtre empoisonna sa prospérité. Sa tendresse paternelle fut troublée. Jenny ignora la cause de ce chagrin secret que son amour calmait

LE CONVICT.

ou exaspérait tour à tour. Quelquefois Thomas eût donné tout, sa femme, ses enfans, ses terres, pour revenir à ce moment où l'enfant nègre était sur son lit, où il pouvait, en le laissant aller, se perdre mais se sauver.

Il vit en rougissant ses fils se mêler à cette jeunesse de la colonie, apprendre d'elle le courage, l'audace, l'honneur. Il se promenait dans la solitude, cherchant où trouver un pardon. S'il se tournait vers la foi protestante, il regrettait de n'y pas trouver la confession catholique, dont on a pu dire tant de bien et tant de mal. Plus il avait été ferme et fort, plus son crime lui resta grave, pesant.

Il n'avait pu se défaire une fois de ses habitudes vicieuses, et il porta jusqu'à la mort le poids d'une éducation misérable.

FIN.

CPSIA information can be obtained
at www.ICGtesting.com
Printed in the USA
LVHW090200041121
702257LV00027B/250

9 781006 352430

Lulu and Aunt B

by Brittany Muttillo

Illustrated by Jayme Jacobs

This book was inspired by Lilah Rae. You my dear, will always have the biggest family with an infinite amount of support. Please keep your free spirit and your wondering mind. Always stay brave and sassy. We love you and know you will do great things!

Love, Aunt B and Mama Jayme

Lulu spent her days running wild and free, roaming the meadow with her buzzing Aunt Bee.

As the Montana sun glistened
through her mane,
they sang, ate berries, and
frolicked in rain.

They explored valleys, plains and streams, from tiger lily skies to starry night dreams.

Lulu was brave, courageous and kind. She was strong and sassy, with a wondering mind.

Her curious spirit needed answers to grow, she
had a burning question... she just needed to
know. Under the wise sugar maple one day, she
asked her Aunt Bee if they could talk while
they lay.

"How can it be? I'm your niece, tell me please.
How is it so? I'm a filly, you're a bee.."

Bee knew this was coming, just didn't know
when, she saw Lulu thinking, the night before
then.

She landed on Lulu's blaze like a feather, she
wanted so much to help her feel better.

"Family can mean an assortment of things,
one could have hair and one could have
wings. Whether your mighty or tiny like me,
make no mistake, we are family".

Still so lost and not knowing why, Lulu looked
up with tears in her eyes.

"Wolves in a pack, bears, caribou, their faces all match and their names do too. What about me? Why am I not the same? I have two sets of parents; you have to explain."

"Your mommies and daddies; the other foals too... We are your family; we care, this is true. It started the day we heard news of you, our hearts began growing and that's how we knew."

"It's not about outside appearances, dear. It's all about love and wanting you near. Our souls are connected, that much we know. No matter our blood, our hearts tell us so. Families are different; they don't look the same. It's not about bodies or faces or names. It's about trust, support and respect. It's about patience and the need to protect."

"Look around lovie, and you will see. Your family's as grand as this old maple tree. With roots that extend deep in the earth, you never should question your place or your worth."

With her heart bursting full, Lulu understood now. It mattered not why, it mattered not how. Her family was hers, as big as could be and she had love from so many. At last, she could see.

Thinking Questions

1. What do you think the author meant by Lulu and Aunt Bee explored "from tiger lily skies to starry night dreams" ?
2. Lulu and Aunt Bee go to the sugar maple tree to talk. Do you have a special place?
3. What does it mean when the author said Aunt Bee landed on Lulu's "blaze"?
4. What was weighing on Lulu's mind?
5. Do you have trouble talking about the things that bother you?
6. Who is one person you can trust?
7. Can you name another animal Lulu talked about?
8. What does the author mean by "families are different, they don't look the same"?
9. What does "family" mean to you?
10. Where do Lulu and Aunt Bee live?

About the Author

Brittany is first and foremost a mom. She was born and raised in rural Upstate New York, where she continues to reside today.

Brittany finds a great amount of joy in spending time with her family and even the hustle and bustle that life with three kids brings. After earning her bachelor's degree in human development, Brittany joined corporate America and briefly put her dream of writing on hold. Now that her children are older and her extended family continues to grow, she is more aware than ever that children need age-appropriate reading material they can connect with.

Brittany's stories bring to the forefront common childhood phenomena and the key role families play in supporting children through those tough times. She hopes her books give families a way to connect that encourages emotional intelligence and creates a true bond, with positive reinforcement and understanding. She would also like to inspire others to dig deep and find what makes them happy. Then, turn that into what they do for a living. It is never too late!

About the Illustrator

Jayme grew up in a small town in Central New York. She currently lives with her husband and four children just miles from her home town. Jayme's gift of finding beauty in all things is unparalleled. She has the equally remarkable ability to transfer that beauty onto paper. With a background in art and adolescent education, she's able to use her water color paintings to bring magic into the hearts and minds of children.

Jayme's hope is that through her illustrations, children see the world as the wondrous place it is and are inspired to create their own masterpieces.